Esipuhe ja kiitokset

Tämä tarina on kehitetty Oulussa, yhdessä Metsolan kartanon sanataideryhmän jäsenten kanssa. Tapasin tätä ryhmää säännöllisesti kerran viikossa muutaman kuukauden ajan. Ensimmäiseen tapaamiseemme olin kirjoittanut lyhyen tarinan alun, ja yhdessä aloimme miettiä, mitä seuraavaksi tapahtuisi. Listasin ryhmäläisten ehdotuksia ja poimin niistä mahdollisimman monta asiaa tarinaamme. Oli jännittävää huomata, miten omakseen ryhmäläiset tarinan päähenkilön Maijan ottivat, ja aivan uskomattoman upeaa, että aina, jokaisessa käänteessä, Maijan asiat kääntyivät lopulta parhain päin. Elämä kantaa, niin se on. Tarinaa ja sen sisältöä kuvaakin erinomaisesti erään ryhmämme jäsenen sille keksimä nimi: Elämää se vain on.

Haluan kiittää ryhmämme jokaista jäsentä, sillä koen saaneeni teiltä aivan valtavasti. Niin usein olen ajatellut sitä, miten etuoikeutettu olen ollut saadessani käy-

1

dä kanssanne kaikki ne keskustelut, joita tarinan juonen kehittämisen ohessa olemme käyneet. Välillä olemme huokailleet haikeina ja toisinaan taas nauraneet vedet silmissä. Antamieni "kotiläksyjen" myötä olen saanut myös kuulla kertomianne tai kirjoittamianne tarinoita ja lempirunojanne. Myös kirjoista ja kirjailijoista olemme käyneet äärettömän mielenkiintoisia keskusteluita.

Siis kiitos teille, ihan jokaiselle, yhteisestä ajastamme, tästä tarinasta ja valtavasta määrästä elämänviisautta, jota olen saanut teiltä ammentaa!

Erityiskiitokset myös Salme Koskelolle, jonka idea tämä seniori-ikäisten kanssa kirjoittaminen alun perin oli ja joka antoi minulle luvan muokata metodeja itselleni ja omalle ryhmälleni sopiviksi.

Katja Hiltunen

Sennille, Sofialle, Anttonille ja Onnille, jotka jaksavat vuodesta toiseen äitiä, joka luovii arjen ja sanojen välimaastossa.

***

Maija istui hämärässä tuvassa ja kutoi. Harmaata villasukkaa. Taas. Lipastossa oli niitä jo toistakymmentä paria, yksivärisiä ja raitavarrellisia, mutta harmaita yhtä lailla kaikki. Välillä hän nousi tuolistaan ja oikoi kivistäviä hartioitaan. Käveli ikkunaan ja katsoi ulos hiljaista pihaa. Kevät teki tuloaan, mutta vielä oli maisema väritön.

Oli kuin Maija olisi odottanut jotakuta tulevaksi, sen verran tiuhaan vei tossun suunta ikkunaan. Vaan kukapa sieltä nyt olisi tullut, kun ei ollut Antin ja Tiinan kanssakaan ollut mitään puhetta, hän mietti sitten, kuin toruen itseään ja istui alas taas. Kiire niillä oli ja töitä. Vaikka kuinka kurkistaisi, ei ikkunasta näkyisi muita, kuin se iänikuinen raakkuva harakka pihakuusen latvassa. Sekin lentäisi karkuun, jos Maija ulos asti tohtisi sitä katsomaan.

4

Ilta pimeni ja harakka puun latvassa muuttui pikkuhiljaa mustaksi siluetiksi tummansinistä taivasta vasten. Taitaa taas yöksi pakastua, Maija mietti ja lisäsi puita rätisevään uuniin. Istui vielä hetkeksi tuoliin, mutta työnsi kutimensa jo viimein koriin. Riitti jo, iänikuinen harmaa, hän tuhahti ja vilkaisi Matin kuvaa lipaston päältä.

Kello raksutti, mutta Maija ei sitä kuullut. Ajatuksiinsa vaipuneena hän siinä istui ja oikein säikähti, kun yllättäen pirtin valtasi kirkas valo, joka saman tien kuitenkin jo hävisi. Valoa seurasi autonovien pauke ja ennen kuin Maija ehti saada jäseniään liikkeelle, kuului porstuasta kopinaa.

– Kuka sieltä nyt? hän ihan ääneen päivitteli.

***

Maija ei vieläkään ennättänyt saada itseään liikkeelle kun ovi jo aukesi. Henki salpautui, kun hän tajusi, että oviaukossa seisoi vieras mies.

– Iltaa! mies sanoi kovaan ääneen ja ajatukset risteilivät Maijan päässä: tuommoinen iso, parrakas mies, aivan outo, joku kauppias tai rikollinen! Nyt täytyisi äkkiä keksiä jotakin, joku kädenjatke vaikka jolla puolustautua. Mutta lähettyvillä ei ollut mitään, ei edes niitä sukkapuikkoja enää - olisihan sitä sellaisellakin voinut hätätilassa tökätä.

– No äiti, miten sinä nyt noin hiljainen olet ja kalpeakin, ottaako rinnasta taas? Maija kuuli tutun, huolestuneen äänen ja rauhoittui. Tiinahan sieltä, vieraan miehen selän takaa, kurkisti.

– Ei kun minä tuota, vierasta miestä, Maija aloitti, mutta nolostui sitten ja hiljeni: eihän se mikään vieras voinut olla, kun oman tyttären mukana kulki.

– Anteeksi, mies sanoi pahoittelevaan sävyyn ja jatkoi: – Olin niin innokas tapaamaan Tiinan äidin, etten yhtään ajatellut. Totta kai sitä säikähtää, jos ihan outo ihminen yllättäen iltahämärässä pirttiin törmää.

Maija ei ehtinyt vastata mitään, kun Tiina jo taas oli äänessä:

– Äiti, tässä on minun ystäväni Lasse.

– Hauska tavata, Lasseksi esitelty nuori mies kiiruhti Maijan luo ja ojensi kättään. Maija tarttui ojennettuun käteen, tunsi lujan ja rehellisenoloisen puristuksen.

– Tervetuloa ja anteeksi vain minunkin puolestani, että sillä tavalla säikähdin, olin niin ajatuksissani jotenkin kun tulitte niin yllättäen, Maija vastasi ja muisti samalla ajatuksensa sukkapuikolla pistämisestä ja nolostui vielä lisää. Onneksi vieraat eivät sentään osanneet ajatuksia lukea.

– Mikäs teidät nyt tänne lennättää, keskellä viikkoa? Eikös Tiinalla ole huomenna koulupäiväkin, vai

7

onko siellä lähihoitajakoulussa nyt joku loma? Maija huomasi ruveta ihmettelemään.

– Ei ole lomaa, mutta tuli yllätysvierailulle hyvä syy, Tiina selitti kasvoillaan salaperäinen ilme.

– Jaa, mikä se semmoinen syy sitten on? Maija hoputti tytärtään kertomaan lisää.

– Mitä jos äiti laittaisit kahvit ensin?

– Voi hyvänen aika, miten minä nyt näin epäkohtelias, laitetaan kahvit, totta kai! Maija säntäsi ylös tuolistaan ja oli saman tien kupsahtaa kumoon, jalat kun olivat yhä vetelinä äskeisestä säikähdyksestä.

Onneksi koivet kuitenkin alkoivat kantaa, kun hetken malttoi seisoa paikoillaan ja hakea tasapainoa ja Maija sai käveltyä hellan luokse ja laitettua kahviveden kiehumaan. Tarjottavaa, hän mietti sitten - piirakoita ainakin on jääkaapissa ja mitähän siellä pakastimessa olikaan, no pullaa ainakin, hän muisti ja avasi pakastearkun kannen. Kohta oli pöydässä piirakoita, kääretorttua, pullaa ja pikkuleipiäkin.

– Miten sinä nyt näin kauheasti tätä tarjottavaa, äiti, Tiina torui, mutta tarttuu silti nälkäisen oloisena yhteen Maijan itse leipomista karjalanpiirakoista. Laittoipa päälle vielä ison kasan munavoitakin ennen kuin haukkasi ahnaasti herkusta palasen. Samoin näkyivät tekevän piirakat ja leivonnaiset Lassellekin kauppansa ja Maija myhäili tyytyväisenä katsellessaan, miten nuoret ahtoivat mahaansa hänen tarjoilujaan.

– Se uutinen, Lasse vihdoin muisti, kääntyi katsomaan vieressään istuvaan Tiinaan ja pyyhki samalla munavoin rippeitä suupielestään.

– Niin se uutinen! Maijakin muisti, eikä millään enää olisi malttanut odottaa. Jotakin isoahan sen täytyi olla, kun keskellä viikkoa tänne asti olivat ajaneet.

– Kerrotaan, kerrotaan, odottakaa nyt kuitenkin, että saan suuni tyhjäksi ensin, Tiina naurahti, mutta vakavoitui sitten. – Äiti, tämä Lasse on minulle erityisen tärkeä ihminen.

9

– Niinkö? Maija hämmentyi. Mitä se nyt Lassesta puhui, se uutinenhan Tiinan piti kertoa, mitä se nyt oikein alkoi asiaansa venyttää?

– Me olemme tunteneet jo jonkin aikaa, tavattiin ensimmäisen kerran kesällä siellä päiväkodissa, jossa olin hoitajia lomittamassa.

– Onko Lassekin hoitajaopiskelija? Maija ällistyi.

– Ei sentään, Tiina nauroi ja taputti samalla lempeästi Lassen pöydällä lepäävää kättä. Se ele ei Maijalta jäänyt huomaamatta: vai sillä tavalla asiat olivat!

– Lasse on insinööri, siihen päiväkotiin, jossa olin harjoittelemassa, oli suunnitteilla remontti. Lasse oli siellä niillä töin, Tiina selitti kärsivällisesti.

– Kerrohan lisää, Maija tivasi, kun Tiina oli hetken hiljaa.

– Tilanne on nyt se, että me olemme seurustelleet jo tovin, Tiina selitti.

– Sillä tavalla! Maija naurahti ja ihmetteli, että tätäkö ne nyt olivat tulleet kertomaan niin suurena asia-

10

na, vaikka olihan Tiinalla ennenkin poikakavereita ollut, silloin lukioaikana jo.

– Mutta emme me oikeastaan sitä tulleet kertomaan. Vaan tätä, Tiina hymyili aurinkoisesti ja nosti vasenta kättään kohti Maijaa. Sormessa kimalsi kapea kultainen rengas, jonka keskellä tuikki pieni kirkas timantti.

– Ohhoh! Maijalta pääsi.

– Sanos muuta, Tiina nauroi. – Ohhoh!

– No mutta, onneksi olkoon nyt molemmille, Maija sai suunsa auki ja säntäsi sitten halaamaan ensin tytärtään ja sitten Lasseakin. – Vaikka pakko sanoa, että kyllä tämä nyt yllätyksenä tuli, yhtään en osannut odottaa, Maija päivitteli.

– Niin, aika nopeastihan tässä on edetty, mutta me olemme sitä mieltä, että jos oikea löytyy, niin mitä sitä turhaan asioita pitkittämään, Lasse selitti ja Maija nyökkäsi. Niinhän se meni aikoinaan hänen ja Tiinan isänkin kanssa. Kaupalla asioidessa tavattiin ja jo

11

muutaman kuukauden päästä tanssittiin häitä. Ja hyvä avioliitto siitä tuli, päivääkään ei Maija olisi vaihtanut pois – päinvastoin, lisää niitä päiviä olisi ottanut, jos olisi vain annettu.

Muistot vaelsivat nuoruusaikoihin ja etenivät nopeasti siihen surunpäivään, jolloin Matin sydän oli kesken peltotöiden väsähtänyt ja kaikki oli muuttunut aivan yhtäkkiä. Silloin oli tuntunut, ettei elämässä ollut enää mitään jäljellä Maijallekaan, mutta lohduttajat olivat olleet oikeassa sanoessaan, että ajan kanssa helpottaisi, ja että yksin ja surun kanssa oppisi kyllä elämään.

– Mitä sinä äiti nyt noin surkeana, etkö olekaan iloinen meidän puolestamme? Tiina kysyi ja herätti Maijan ajatuksistaan.

– Voi anteeksi, isääsi eksyin muistelemaan, ei sen kummempaa. Totta kai olen iloinen teidän puolestanne, Maija kiiruhti vakuuttelemaan.

– Miten sinä äiti pärjäät täällä yksin? Tiina kysyi vakavana.

– Hyvinhän minä, onhan tässä asuttu jo neljäkymmentäviisi vuotta, kyllä siinä ajassa oppii pärjäämään, Maija naurahti ja huitaisi sanojensa painoksi kädellään pienen vakuuttavan liikkeen. – Enkä minä eilen ole tähän yksin jäänyt, johan siitä on yli viisi vuotta kun...

– Mutta kun sinulla on issiaskin ihan selvästi pahentunut, Tiina tapitti ruskeilla silmillään yhä edelleen vakavana, ihan niin kuin pikkutyttönä ennen - jo silloin se oli huolehtinut kaiken maailman asioista ja ottanut ihmisten huolet omiksi murheikseen.

– Hyvin minä, ei edes ole viimeaikoina pahemmin särkenyt, Maija vakuutteli. – Juttukaveria sitä aina välillä kaipaisi, mutta muuten minun on tässä ihan hyvä.

– Entä työt, miten sinä saat kaikki tehtyä, lumenkolaukset ja muut?

13

– Voi, naapurin Arvo hurauttaa pihan aina traktorillaan, kun ohi ajaessaan huomaa sen olevan tarpeen, ei minun tarvitse itse muuta kuin portaat lakaista, Maija selitti. – Ja puut voi lastata pulkkaan ja vetää ne siinä tuonne oven eteen, se on kätevää näin talvella, Maija selitti, vakuutteli vähän enemmänkin kuin mitä oli tarpeen, liioitteli suorastaan. Parempi tehdä niin, hän ajatteli, pelkäsi, että Tiina alkaisi taas puhua talon myymisestä ja kaupunkiin muuttamisesta, niin kuin silloin hautajaisten jälkeen.

– Nyt kun me olemme täällä, niin voisimme samalla tehdä jotain, jos on tarve, Tiina ehdotti.

– Eikä mitä, meillähän on kihlajaiskahvien juonti kesken, Maija torjui tarjouksen ja kiirehti kaatamaan vieraille lisää kahvia.

– Juodaan sitten kahvia, Tiina nauroi ja siemaisi kupistaan ihanan tuoksuista pannukahvia, sitä, joka ei missään muualla maistunut niin hyvältä kuin täällä kotimökissä, äidin keittämänä.

Kahvinjuonnin jälkeen vieraat alkoivat tehdä lähtöä, mutta sitä ennen Lasse vielä vaati saada hakea Maijalle halkoja pirttiin liiteristä.

– Eihän siinä kauan mene, enkä minä siitä väsy, mies väitti, kun Maija koetti estellä ja varoitella väsyneenä ajamisesta. Ja tottahan Lasse oli puhunut, Maija totesi, kun auto oli hävinnyt pihasta ja Maijan puulaatikko täynnä. Lasse oli hakenut hetkessä koko viikon puut, tehnyt saman työn kymmenessä minuutissa, johon Maijalta olisi tuhraantunut ainakin tunti jos ei kauemminkin.

– Hyvän miehen se Tiina on itselleen valinnut, Maija hymähti tyytyväisenä ja taputti samalla päällimmäistä halkoa, niin kuin se olisi ollut itse Tiina tai Lasse. Istahti sitten tuoliinsa ja huokasi. Hiljaiselta tuntui taas tupa, kun vieraat olivat lähteneet matkoihinsa. Mitähän sitä sitten, joko tässä nukkumaan

15

alkaisi, nyt jo? Jos soittaisi Antille ensin, hän sitten keksi, jokohan poika tiesi sisarensa uutisista?

Puhelin hälytti kauan aikaa ja Maija odotti kärsivällisesti. Olikohan jo liian myöhä, jos ne olivat jo nukkumassa ja hän herättäisi, hän lopulta huolestui ja oli jo laskemassa puhelimen luuria kun Antin tuttu ääni vihdoin tervehti häntä rätisevän linjan päästä.

– Onko kaikki kunnossa? Antti vastasi huolestuneesti, oli tietysti nähnyt kännykän näytöstä kuka soittaja oli.

– Ei, ei minulla mitään hätää, anteeksi kun näin myöhään soittelen ja säikyttelen. En vain millään malttanut olla soittamatta, kun olisi uutisia.

– Ei se mitään äiti, Antti rauhoitteli. – Lapset ovat jo nukkumassa ja minä olin saunaan menossa. Mitä uutisia sinulla on, onko sattunut jotakin?

– Ei mitään vakavaa, päinvastoin, Maija alkoi selittää innostuneena. – Tiina kävi, sitä minä vain.

– Ai, siskoko oli siellä? Antti ihmetteli, tiesi hänkin, ettei Tiina turhaan arki-iltana kotikylälle ajellut.

– Oli, oli! Maija touhotti puhelimeen.

– Sillä oli mukanaan ystävä, on mennyt kihloihin!

– Johan nyt, katsopas siskoa! Antti naurahti. – Millainen se oli, se sulhanen?

– Ihan mukavan oloinen, Maija kertoi. – Vaikka ensin minä kyllä säikähdin, kun en huomannut Tiinaa. Luulin, että joku kulkukauppias, Maija nauroi puhelimeen.

– Voi sinua äiti, Antti hymähti luuriin, oli taas ihan selvästi huolissaan.

– En minä muuten, mutta kun ajatuksissani olin, kun tulivat, Maija kiirehti vakuuttamaan.

– Onkohan sinun äiti ihan turvallista olla siellä niin paljon yksin, mitä jos oikeasti tulee joku kulkukauppias jolla on pahat aikeet mielessä?

– Ei kai tänne syrjään kukaan edes osaa ja jos osaa, niin huitaisen vaikka leipälapiolla ja juoksen naapu-

17

riin, Maija rauhoitti poikaansa, ei kertonut, että joskus ihan oikeasti pelotti. Ei yksin olemiseen tahtonut tottua, ei vaikka sitä oli jatkunut jo useamman vuoden.

Ei Maija Antille kertonut sitäkään, ettei iltaisin pitänyt valoja päällä, etteivät ohiajajat niin helposti huomaisi taloa. Vain makuuhuoneen valot saivat silloin olla päällä, että naapurista näkisi kaiken olevan hyvin. Se oli sovittu merkki: jos valot syttyvät illalla niin Arvo tiesi kaiken olevan hyvin.

– Vai leipälapiolla huitoisit tunkeilijoita, Antti päivitteli, vähän kyllästyneen kuuloisena.

– Nii-in, leipälapiolla! Maija nauroi ja vaihtoi nopeasti puheenaihetta. – Mutta kerro nyt mitä teille kuuluu?

– Ei kai tänne mitään ihmeempää, töissä on vähän hankalaa, YT-neuvottelut painavat päälle, mutta älä sinä äiti niistä huolehdi, me kyllä pärjätään.

– Jaa, ne neuvottelut, niistä oli lehdessäkin. Kirjoittivat, että kaksisataa aikovat sanoa irti. Ei kai ne kuitenkaan sinua irtisano? Maija huolestui niin, että sydän hypähti rinnassa ylimääräisen lyönnin. Antin työttömäksi joutumisen mahdollisuutta hän ei ollut tullut ajatelleeksikaan.

– Rehellisesti sanottuna en tiedä, mutta ei tämä kovin hyvältä vaikuta, Antin huokaus humisi vaimeana linjoja pitkin.

– Mitä te sitten teette jos sinulta menee työpaikka, teillä on lapset ja niin iso talolainakin, miten te pärjäätte?

– Älä äiti huolehdi, kyllä me pärjäämme. Onhan Pirjolla kuitenkin töitä ja minä etsin itselleni uuden paikan jos tarvitsee. Kyllä kaikki järjestyy.

– Ai, mutta Pirjollahan on hyvä työpaikka, Maija rauhoitteli itseään ääneen. – Vaikka ei se opettajan palkka taida hääppöinen olla?

– Kyllä me pärjätään, Antti rauhoitteli taas ja alkoi jutella arkisista asioista, ilmoista ja lasten kuulumisista. Sitä juttelua kesti tovin, mutta lopulta Antti alkoi lopetella puhelua.

– Nyt minä taidan lähteä sinne saunaan ennen kuin se kuumenee liikaa. Soitellaan taas äiti!

– Soitellaan, soitellaan ja muistakaahan tulla käymään pian!

– Viikonloppuna tullaan, Antti lupasi ja puhelu katkesi.

Maija laski kuulokkeen alas ja huokasi, haki laatikosta kutimensa ja alkoi taas kutoa, sitä iänikuista harmaata sukkaa. Jutteli siinä neuloessaan kutimelleen, kun ei muitakaan kuulolla ollut: – Kyllä noilla nuorilla on sitten huolia ja vaikeaa, ei se siitä miksikään muutu, ei vaikka olisi mikä vuosikymmen.

***

Pääsiäinen tuli taas, kuten joka vuosi. Sitä varten Maija oli leiponut oikein urakalla. Siihen oli ollut hyvä syy. Antti perheineen oli tullut kotimökille pääsiäisen viettoon. Maija oli oikein miettimällä miettinyt kaikki mahdolliset kakut ja leivonnaiset, joihin oli saanut käytettyä mahdollisimman paljon kananmunia.

Leipoessaan hän oli rikkonut munat huolellisesti, tehnyt molempiin päihin reiät ja valuttanut sisällön kulhoon. Pessyt sitten jäljelle jääneen kuoren, kuivannut ja asettanut sen takaisin koteloon reippaita munanmaalaajia odottamaan. Ja kylläpä niistä kuorista nyt olikin iloa, kun lapsenlapset niitä huolella maalasivat.

Maija oli sitä työtä varten tilannut Antilta tuliaisiksi kunnon vesivärit, oikein kirjakaupasta käskenyt ostaa. Ja Anttihan oli tehnyt työtä käskettyä, ostanut oikein taiteilijavärit ja nyt Maija sai istua tuolissaan ja katsella miten pikkuiset, Anni ja Onni, kieli keskellä suuta taiteilivat munista kauniin kirjavia.

Kun munat oli saatu maalattua, lähtivät lapset äitinsä kanssa virpomiskierrokselle. Eihän niitä taloja täällä niin paljon, mutta naapurin Arvo sentään oli. Maija oli sitä etukäteen varoittanut, että muistaa kaupalla käydessään varata virpojille palkkaa.

– Autollako ne sinne Arvolle lähtivät? Maija ihmetteli, kun pian ulko-oven sulkeutumisen jälkeen pihalta kuului moottorin ääni.

Antti nousi ylös keinutuolista ja siirsi pajunkissakoristeista ikkunaverhoa sivuun.

– Tuollahan nuo menevät peräkanaa jo maantien laitaa, melkoisia pikkunoitia, Antti nauroi.

– Mikä se auton ääni sitten oli, tuliko sieltä joku? Maija hämmästyi.

– Tulihan sieltä, Antti virnuili ja sai vastauksellaan Maijankin säntäämään tuolistaan ylös.

– Aijaijai! Maijalta pääsi parkaisu siinä noustessa.

Selkää kun vihlaisi taas niin ilkeästi.

– Mikä tuli äiti, mihin sattuu? Antin kasvoilla paistoi säikähtynyt huolestus.

– Ei satu, ei mihinkään satu! Maija tiuskaisi, ei sanonut, että selkä oli ollut pahempana taas ja iskiashermo vihoitellut niin, ettei toinen jalka välillä tahtonut totella ollenkaan.

– Kuka siellä on? Maija kiiruhti ikkunaan Antin luo, kun kipu rupesi hellittämään. – Tiina! Miten sekin nyt tänne? Onko siellä Lassekin?

Hän yritti kurottaa päätään lähemmäksi ikkunaa. Mutta ei pihalla Lassea näkynyt, Tiina vain kaivoi auton takapenkiltä laukkuaan ja oli jo seuraavassa hetkessä eteisessä kopistelemassa.

– Päivää äiti! Tiina kajautti reippaasti tupaan tullessaan.

– Päivää, päivää, Maijan äänessä soi ilo. – Tämähän yllätys, onpa mukava kun sain teidät molemmat tänne yhtä aikaa!

23

– Hei Antti! Tiina tervehti veljeään ja sai tältä irvistyksen vastaukseksi.

– Missäs se komea sulhanen on? Antti kyseli kiusoittelevalla äänellä.

– Ei sitä kuule kaikille näytellä! Tiina irvisti veljelleen takaisin. Alkoivat naljailla toisilleen.

Maijaa nauratti sisarusten leikkimielinen irvailu - ihan kuin pahaiset kakarat taas, Maijan aikuiset lapset. Laitettiin siinä kahvit. Vaivihkaa Maija sulki puulaatikon kannen. Se oli tyhjä taas. Ei hänestä ollut selkävaivansa kanssa puita hakemaan. Mutta sitä ei lasten tarvitsisi tietää, huolehtikoon omia huoliaan vaan, kyllä niillä niitä riitti. Kyllä Maija taas pärjäisi ja saisi puitakin haettua, kunhan selkä helpottaisi. Lumisadettahan särky tietysti ennusti. Semmoisia ne olivat nämä kevätilmat, särkyä ja kolotuksia lisääviä.

– Äiti, Tiina aloitti varovasti, kun Maija ähkäisi kurottaessaan pääsiäiskakkua kaapin hyllyltä. – Me olemme Antin kanssa miettineet tätä sinun asumistasi täällä.

– Mitä te sitä nyt? Tässähän minä asun, miettimättäkin, Maija tiuskaisi, ei olisi halunnut kuulla yhtään lisää.

– Kyllä se vaan niin on äitikulta, että meillä on koko ajan ihan mahdoton huoli, kun olet täällä yksin ja me kaukana kaupungissa, Antti jatkoi siitä minkä Tiina oli kerinnyt aloittaa.

– Kyllähän minä itseni huolehdin, ei teidän minusta tarvitse, ja naapurin Arvo auttaa, jos on tarvis, Maija keräsi ääneensä kaiken vakuuttavuuden. Pahamieli vei äänestä kuitenkin terän. Mitä ne nyt, hänen selkänsä takana olivat suunnitelleet?

– Selkä sinulla on taas kipeä, kyllä minä sen huomaan vaikka sitä koitatkin peitellä, Antti aloitti.

– Ja puulaatikko on tyhjä, Tiina jatkoi.

– Onhan minulla sähköpatterit, ei niitä puita aina tarvitse olla, Maijaa suututti.

– Minä soitin äiti sellaiseen palvelutaloon viime

25

viikolla, sovin sinne sinulle tutustumiskäynnin. Mennään yhdessä katsomaan. Se on ihan siinä lähellä, missä me Lassen kanssa asutaan, voitaisiin nähdä vaikka päivittäin, jos muuttaisit sinne. Ja vaikka minkälaista toimintaakin siellä on asukkaille, pääsisit harrastamaan. Käsityökerhoa ja vaikka mitä...

– Ja minähän en semmoiseen lähde! Maija suorastaan huusi, kun ei pystynyt hillitsemään hätäänsä, joka piti nyt kätkeä johonkin, kiukkuun vaikka kun ei muutakaan osannut. – Menkää te sen Lassen kanssa sinne asumaan, jos se kerran on niin hyvä ja ottakaa Anttikin perheineen samaan asuntoon, minä pysyn täällä!

Hiljaisuus tuntui painostavalta huoneen yllä ja viimeiset huudetut sanat olivat kuin veitsi, jolla Maija oli sivaltanut sitä. Silti Maija päätti, että oli nyt sanonut sanottavansa, nousi ja pyyhkäisi vaivihkaa poskeaan, kiiruhti makuukamariin ja jäi oven taakse hieromaan kipeää alaselkäänsä. Että tämmöinen tästä nyt tuli,

26

hänen koko viikon odottamastaan pääsiäisvierailusta. Silmiin kihosi vesi, vaikka kuinka yritti estää, miten ne häntä nyt täältä, väkisin, omasta kodistaan?

– Älähän äiti nyt, Tiina oli tullut huomaamatta siihen viereen, silitti ensin poskesta ja halasi vielä päälle. Teki kaiken taas niin kuin jo pikkutyttönä oli osannut. Ei Maija sille voinut olla vihainen, rakkaalle tyttärelle.

– Käydään katsomassa sitä taloa ja niitä asuntoja. Ei sinun ennen sitä tarvitse päättää mitään, Tiina kuiskasi hiljaa ja silitti taas äidin poskea.

– Jos minä mietin asiaa, Maija lupasi vapisevalla äänellä, ei jaksanut enää enempää vastustaa.

Sama kai se olisi käydä sitä paikkaa katsomassa, niin pääsisivät Tiina ja Anttikin rauhaan ja antaisivat hänen olla. Näkisivät varmasti sitten paikan päällä, ettei semmoinen palvelutalo sopisi hänelle ollenkaan.

Eteisestä kuuluva kopina ja lasten hihkuminen kertoi, että Anni ja Onni olivat palanneet virpomisreissultaan. Tiina painoi otsansa vielä hetkeksi äitinsä poskea vasten ja lähti sitten veljenvaimoa ja lapsia tervehtimään. Maija jäi kamariin ja käveli ikkunan eteen, katsoi Arvon yksinäistä taloa joen töyräällä, äskettäin jäistä vapautunutta jokea ja sen vuolasta virtaa.

– Mitähän tästä vielä tulee, Maija huokasi hiljaa mielessään ja nojasi käsillään ikkunalautaa vasten. Rintaa puristi, voimat olivat ihan lopussa.

– No tuliko niitä suklaamunia? Antti kuului tuvan puolella tiedustelevan lapsiltaan.

– Saatiin, saatiin, se oli mukava setä, kaksi saatiin kumpikin! Anni ja Onni selittävät pirtissä tohkeissaan isälleen.

– Kovasti sillä Arvolla näytti jalka olevan kipeä, hyvä kun kävelemään kykeni, Pirjo teki selkoa Tiinalle ja Antille naapurin isännän voinnista. Sekin vielä, Maija huokasi, siinäpä vahvistusta Tiinan ja Antin huolelle Maijan kotona pärjäämisasiassa.

Kauan ei Maija kuitenkaan ehtinyt asiaa harmitella, sillä pian jo tulvahti kamariin valo lapsenlapsien rynnätessä sinne hänen luokseen. Selittivät innoissaan Arvon traktorista ja pitkästä pirtinpöydästä, jollaista eivät olleet ennen nähneet. Eivät tietenkään, eihän sellaisia kaupunkiasuntoihin mahtunut.

***

Kiuas sähisi nostattaen sakean kuuman höyryn, kitkerän ja silti makean. Pää painui hartiain väliin, leuka rintaa vasten. Lasiin kertyi huurua.

Arvo heilautti itsensä pientä ikkunaa kohti kipeää polveaan varoen ja ajan tummentama laude notkahti alla. Käsivarsi, josta vieläkin näki, että se oli joskus ollut vahva, nousi ja pyyhkäisi jokimaiseman taas näkyviin.

– Juoksuttavat vettä taas, hän tuumasi itsekseen ja hymähti. Heitti sitten uuden löylyn ja maisema vaihtui ikkunan takana vaaleaksi valoksi taas.

Tovin saunottuaan hän nousi ja astui ulos kuistille. Istui oven viereen penkille, nojasi käsivarret polviinsa ja huokasi. Kylmä kevätilma helli punaisena kuumottavaa ihoa ja kosteus nousi siitä höyrynä. Taempana pihamaalla pystykorva haukahti käheällä äänellään kerran tai kaksi ja palasi sitten tehtävänsä toimitettuaan kopin viereen maate. Kauempana kohisi koski. Vesi virtasi valtoimenaan. Arvo katseli hiljaisena tuttua maisemaansa ja silmä löysi seinää vasten unohtuneen keksin. Sen koukku oli jo aikaa sitten ruosteesta ruskeaksi muuttunut ja varren harmaa puukin halkeillut. Liiterinedustan halkopinosta nousi pihkan haju. Arvo veti syvään henkeä ja tunnusteli tuttua tuoksua. Koski kohisi ja oli kuin jostain kaukaa kuuluisi tuttu huuto:

– Antaa pöllin juosta!

Aika seisoi, joki virtasi. Arvo nousi, avasi narisevan saunanoven, ryyppäsi kylmävesisaavin kauhasta raikasta vettä, ähkäisi ja meni takaisin lauteille, naurahti ja taas kiuas sihahti.

Jo riittää saunominen Arvo viimein päätti ja sekoitti padasta pesuveden. Kauan ei Arvon pesuihin aikaa tuhraantunut, Arvo oli suurpiirteinen mies. Naisten hommia se hänen mielestään oli semmoinen pesu ja puunaus, miehelle riitti, kun vähän mäntysaippuaa päähän ja kainaloon hieraisi ja virutti runsaalla vedellä pois.

Kuivattuaan itsensä Arvo varmisti, että paikat olivat saunatuvassa järjestyksessä. Sitten vain saunatakki niskaan, saappaat jalkaan ja menoksi.

Saunapolkua talolle vaivalloisesti kävellessään hän vilkaisi pellon yli Maijan talolle. Päätyikkunassa loisti valo, kaikki hyvin siis. Hyvä niin, Arvo nyökkäsi itsekseen ja taputti ohimennen koiraansa, Peniä, joka laiskasti jolkutteli tuttua saunamiestä vastaan.

Sisällä Arvo kaatoi kannusta lasiin helakanpunaista puolukkamehua ja joi sen antaumuksella, laski sitten lasin pöydälle ja istahti.

Pöydällä oli maljakko ja maljakossa kaksi kirjavaa pääsiäisvitsaa. Arvo asetteli oksia maljakossa, ei raaskinut heittää pois, vaikka pääsiäinen oli jo ohi. Hymyili vain ja muisteli, oli ne mukavia vieraita ne pääsiäisnoidat. Vaikka kyllähän hän ne oli tunnistanut trullinasuista huolimatta. Naapurin Maijan lapsenlap-

32

siahan ne. Nimiä hän ei muistanut, mutta se ei ollut mitään uutta, oli hän sen jo pannut merkille, että muisti ei aina ollut ihan entisellään, ei varsinkaan, jos mieltä sattui askarruttamaan joku muu asia. Ja nyt sellainen asia oli. Ei siitä päässyt yli eikä ympäri. Valkoinen kirjekuori hohti hämärän keittiön pöydällä ja piti huolen siitä, että Arvo muisti.

– Pentele, Arvo tuhahti, hieraisi kipeää polveaan ja sysäsi kuoren kauemmaksi itsestään niin äkäisesti, että se lennähti melkein lattialle asti. Usein ei Arvolla ollut tapana sadatella eikä manata, silloin vain kun se tosissaan tuntui olevan tarpeen. Harmitti Maijakin, sitä kun olivat lapset ja miniät taas oikein yksissä tuumin uhitelleet kaupunkiin asumaan.

– Sanoin niille, että Arvo on tässä lähellä apuna, kyllä minä pärjään, Maija oli kertonut jälkipolvelle sanoneensa.

Miten tässä nyt leikkaushaavan kanssa makaamaan joutaisi? Ja kuntoutukseen pitäisi vielä sen jälkeen,

33

tiedä miten pitkään sielläkin venähtäisi.

– Käyn siellä sairaalassa, mutta vain sanomassa, että en minä millekään ala, Arvo päätti.

Polvi vain ei antanut rauhaa, jomotti ja juili minkä kerkesi, oikein huusi pirulainen, että leikkausta oli vailla.

***

Aamulla Maija heräsi oudon vaaleaan valoon. Saatu-
aan itsensä ylös ja ikkunaan, löytyi valon sävylle seli-
tys. Yöllä oli satanut mahdottomasti uutta lunta. Polku
oli peitossa ja tienhaarassa lumiauran jättämä korkea
kinos.

– Jaahas ja vai niin, Maija hymähti. – Tämmöinen
tämä on, pohjoisen kevät. Hitaasti etenee ja taka-
askelia ottaa.

Maija sytytti uunin Antin edellisviikolla hakemilla
puilla ja laittoi kahviveden tulelle. Sanomalehteä ei
tohtinut lähteä hakemaan, ei ennen kuin Arvo olisi
käynyt ja hoitanut traktorillaan lumityöt. Tulee se
varmaan sieltä pian kun huomaa mikä on tilanne, Mai-
ja arveli ja päätti laittaa Arvollekin asti kahvia.

Puuro kypsyi ja kahvi valmistui, mutta Arvoa ei
vain kuulunut. Maija nautti vaatimattoman aamiaisen-
sa yksin ja syötyään avasi radion. Uutisissa puhuttiin

Etelä-Suomen kolarisumista ja lumeen juuttuneista rekoista. Ei ollut siis vain pohjoisen riesa tämä takatalvi tällä kertaa.

Puoliltapäivin Maija alkoi tosissaan huolestua. Ei kuulunut Arvoa vieläkään, ei vaikka Maija oli räpsytellyt päätykamarin valojakin viestiksi. Jos vielä koittaisi, Maija mietti ja oli jo laittamassa kätensä valokatkaisijan napille, kun tajusi, että olihan sitä järkevämpikin keino.

– Mitä sitä nyt valoja vilkuttelemaan, kun puhelinkin on keksitty, Maija tuhahti ja näppäili Arvon numeron ja jäi odottamaan. Hän odotti tovin ja toisenkin, mutta Arvo ei vastannut.

Lopulta Maija laski luurin alas, mutta jäi kuitenkin puhelinpöydän viereen istumaan ja naputteli sormillaan tuolin käsinojaa mietteliäästi. Vatsaan oli noussut kurja tunne, huoli siellä kaihersi. Mutta mikä nyt eteen, miten sen saisi selville, oliko Arvolla kaikki hyvin? Lääkärissä käynnistä se kyllä viimeksi nähtäessä oli puhunut, mutta se meno piti olla vasta ensi viikolla, kyllä miehen nyt kotona pitäisi olla, kun ei mitään ollut ilmoittanut.

Odotan iltaa ja katson syttyykö valot, Maija lopulta päätti, mutta hylkäsi kuitenkin päätöksensä saman tien. Entä sitten jos jotakin olikin sattunut, ei, kyllä iltaan asti oli liian pitkä aika.

Päättäväisesti Maija haki komerosta takin ja työnsi eteisestä saappaat jalkaansa. Jotakin oli sattunut, ihan varmasti, kyllä Arvo olisi muuten vastannut, hän ajatteli ja astui ulos. Heti portaiden juuressa matka meinasi tyssätä alkuunsa. Märkä ja painava lumi oli rojahtanut katolta siihen kulkuväylää tukkimaan. Jalat luistivat nuoskaisessa lumessa, eikä polvi tahtonut nousta tarpomiseen, aina vain saapas luiskahti juuri kun luuli pääsevänsä kasan yli. Onnistui se lopulta sentään, kun huoli Arvosta antoi lisävoimaa.

Kipeä selkä vihoitteli, kun Maija kahlasi pihan poikki tietä kohti ja kompuroi lumiauran jättämän polanteen yli. Kaatuikin hän siinä ja säikähti vähän, mutta pääsi kuitenkin ylös itseään satuttamatta. Lumisade oli vaihtunut vedeksi ja tuuli upotti kyntensä paljaaseen päähän. Edes huivia ei Maija ollut hädässään ehtinyt päähänsä sitoa. Nyt sitä ei enää tohtinut palata hakemaan. Sen verran työstä oli matka auraamattoman pihamaan poikki ja polanteen yli käynyt.

Auratulla maantiellä kulku sentään helpottui, eikä ajattelematon aurakuski tuntunut enää niin viheliäiseltä. Maija kiihdytti kävelytahtiaan, loppumatkasta melkein jo juoksi.

***

Paleli. Voi hyvä luoja miten palelikin! Ja jalkaan sattui. Sattui niin ettei pystynyt liikahtamaan, ei vaikka kuinka varovaisesti yritti.

– Saamarin lumikasa, Arvo makasi maassa, manasi ja paukutti vihapäissään nyrkillä jalkojen päälle katolta sortunutta painavaa nuoskalunta. Mutta ei se auttanut, lumi ei totellut, pysyi siinä vain eikä Arvo saanut sitä siitä pois. Ei yltänyt kädelläkään auttamaan, kun asento oli niin huono.

Arvo oli neuvoton, miten tästä nyt selviäisi vai selviäisikö ollenkaan? Pitikin lähteä ja jättää kännykkä pirtin pöydälle. Edes apua ei pysty soittamaan. Ja mihin sitä edes soittaisi, jos nyt olisi se puhelin. Ambulanssia tässä ei tarvita, niin pahasti eivät asiat Arvon mielestä ole. Mutta palokunta, palokunta olisi saattanut auttaa. Olisi tullut autolastillinen riuskoja miehiä ja kaivaneet kiukuttelevan jalan lumen alta esiin. Voi hyvänen aika, se se vasta olisikin ollut noloa! Ihan hyvä, ettei ole sitä puhelinta tässä, olisin vielä hätäpäissäni oikeasti sinne palokuntaan soittanut, Arvo tuumasi.

– Saamarin koipi, Arvo manasi taas. Polven syytähän tämä kaikki oli, ilman kipeää jalkaa näin ei olisi käynyt. – Menen sinne sairaalaan ja sanon, että saavat leikata kokonaan pois mokoman kiusankappaleen! Arvo oikein raivostui jalalleen. Mutta ei se auttanut, ei sen enempää kuin lumelle kiukkuaminenkaan. Jos käskisikin poistaa pään! Oma jääräinen päähän se syyllinen oli, pää joka ei ollut suostunut ajoissa sairaalaan hoidattamaan kipeää polvea kuntoon. Jos olisin mennyt ja antanut leikata jo vuosia sitten kun ensimmäisen kerran lääkärissä käydessä puheeksi tuli, niin jalka olisi nyt kunnossa ja tätäkään ei olisi tapahtunut.

Mutta ei edes oman syyllisyytensä myöntäminenkään auttanut. Jalka oli jumissa ja paleli. Ja asentokin niin äärettömän huono.

Juuri kun Arvo oli antamassa periksi ja alkanut ajatella, että tässä nyt taisi olla hänen tiensä pää, näkyi maantien suunnalla lähestyvä hahmo.

Kuka se oli? Arvo kurotti päätään ylös ja yritti nähdä, mutta hahmo oli vielä niin kaukana, ettei hän voinut tunnista tulijaa. Oli kuka hyvänsä kunhan huomaa, ettei kulje ohi vain, Arvo hätääntyi.

– Apua! Arvo alkoi huutaa vaikka nolostuttikin se huutaminen. Mutta eipä ollut paljon vaihtoehtoja, huudettava oli, jos halusi päästä pinteestä pois.

Kumarainen hahmo lähestyi ja oli jo kohta portinpielessä.

– Maija! Arvo tunnisti tulijan ja helpottui. Luojan kiitos hänellä oli sentään Maija, vaikka koko muu maailma tuntui nyt hänen olemassa olonsa unohtaneen.

– Maija! Täällä! Arvo pihisi, ääni jo kylmässä maassa makaamisesta käheänä.

– Voi hyvän tähden Arvo! Onko käynyt pahastikin?

Maijan säikähtänyt ääni oli Arvolle kuin kauneimman satakielen laulua.

– Ei mitään hätää, ei ole sattunut pahasti, jalka vain on jumissa kun nuo lumet tuolta katolta rymähti suoraan päälle.

– Mikset kaivanut sitä esiin, eihän tuota niin paljon kuitenkaan ole tullut, Maija hämmästeli.

– Yritin minä, Arvo selitti. – Mutta aina, kun kokeilin kohottautua tästä, niin polvessa vihlaisi niin että tähtiä näkyi ja maailma sumeni.

Maija heittäytyi maahan polvilleen eikä muistanut edes kipeää selkäänsä, kun alkoi kaksin käsin kaivaa Arvon jalkoja esiin.

– Ota lapio, Arvo yritti, mutta Maija ei joutanut kuuntelemaan, kauhoi vain kaksin käsin nuoskaista lunta Arvon päältä.

Pian paino jalkojen päältä alkoi helpottaa ja Arvo pääsi kierähtämään kyljelleen.

– Autatko vielä vähän, Arvo pyysi anovasti ja tunsi häpeän piston sisällään. Iso mies eikä päässyt itse nousemaan ylös.

– Mene takaisin selällesi, Maija komensi, eikä Arvon auttanut muuta kuin totella ja kierähtää kyljeltään takaisin selinmakuulle.

Maija kiersi Arvon pääpuoleen ja otti tukevan otteen Arvon kainaloiden alta. Pian Arvo oli jo istuallaan.

– Nyt odota hetki siinä, Maija komensi, suoristi selkänsä ja veti henkeä. Arvo ei totisesti ollut mikään kevyt mies!

Sitten alkoi varsinainen urakka, Maija työnsi väillä selästä, välillä veti käsistä. Hiki valui molemmilla, kun Arvo viimein oli saatu jalkojensa päälle.

– Miten sinä sillä tavalla, ilman puhelinta lähdit ulos? Maija papatti ja Arvoa alkoi nolottaa se papatus.

– Ajattelin, että ihan äkkiä käväisen auraamassa oman ja sinun pihasi.

– Kyllä se on kuule Arvo sellainen asia, että enää et ovesta ulos astu ilman puhelinta, ajattele nyt miten olisi käynyt, jos en olisi alkanut huolestua ja tullut katsomaan onko täällä joku hätä! Tuossa sinä makaisit vieläkin ja ties miten kauan olisit saanut maata!

– Kai ne lumet siitä olisi viimeistään sulamalla lähteneet, Arvo ärähti, mutta lepytteli saman tien jo Maijaa, olihan tuo tullut sentään auttamaan. – On se hyvä, että minulla on sinut. Ei sitä tiedä miten tuossa muuten olisi voinut käydä.

– No niin, mennäänhän sisälle, Maijakin lauhtui. – Katsotaan sinulle jotakin syötävää ja kahvia keitetään myös että lämpenet.

– En minä aamulla kerennytkään vielä kahvia keittää saati syödä, Arvo myöntyi Maijan komentoon. Antoi sen nyt määrätä ja komentaa, oli se sen ansainnut. Sitä paitsi koko päivän jatkunut syömättömyys heikotti jäsenissä.

Sisällä Maija kiskoi Arvon jaloista märät kengät ja

sukat ja housuistaankin Arvo joutui luopumaan, vaikka alushoususillaan kekkalointi meinasikin vähän nolottaa. Mutta ei auttanut kuin totella, Maija oli riuska komentaja silloin kun sille päälle sattui.

– Kääri tämä koipiesi ympärille että lämpenet, Maija heitti kamarin naulasta kylpytakin Arvolle ja marssi sitten jääkaapille.

– Mitäs sinulla täällä on? Kas tuossa on purkillinen jotain säilykehedelmiä, viinirypäleiltä näyttävät, niistä sinä saat energiaa nopeasti! Maija touhusi ja Arvo yritti muistella oliko muka jotakin säilykehedelmiä joskus kaupasta tuonut. Ehkä niitä oli joskus ollut tarjouksessa, niin hän oli päättänyt ostaa ja maistella?

– No niin, Maija touhusi avatun lasitölkin kanssa Arvon luo ja jo seuraavassa hetkessä tuputti lusikallista Arvon suuhun. Ei Arvo osannut muuta kuin totella, avata suunsa ja alkaa pureksia.

Järkytys oli kova, kun oli pureskellut hetken aikaa, eivät nämä kyllä mitään säilykerypäleitä olleet!

– Polttaa, Arvo sai pihistyä lopulta.

– Polttaa? Mitä sinä höpötät? Maija ällistyi Arvon reaktiota.

– Polttaa, polttaa! Arvo pihisi hädissään ja yritti olla rohkea ja jatkaa pureksimistaan.

Maija kohotti purkin silmiensä tasolle ja tihrusti tekstiä sen kyljestä.

– Chilitäytteiset oliivit, hän lopulta sai selvää.

Kuultuaan mitä oli syömässä, Arvo alkoi yskiä ja sylki lopulta suunsa sisällön kämmenelleen.

– Vettä, hän kuiskasi suu tulessa.

– Voi hyvänen aika, Maija päivitteli ja haki jääkaapista maitoa, oli joskus jostain kokkausohjelmasta kuullut sen lievittävän chilin poltetta. – Mitä varten sinulla on chilioliiveja kaapissasi? Maija kysyi varovasti, kun vesi oli lakannut valumasta Arvon silmistä.

– Tytär pentele, se niitä kaikenmaailman pöperöitä kokkaa aina käydessään, sen jäljiltä kai ne siellä oli.

– Ollaan me kanssa, toinen on maannut henkihieverissä koko aamun pihamaalla lumihangessa ja toinen syöttää sille vielä kärsimyksen päälle chilioliiveja, Maija alkoi nauraa.

– Tuli ainakin lämmin, Arvo yhtyi nauruun. – Suorastaan hiki! hän hekotti.

Kun chilistä puhjennut nauru oli vihdoin ohi, Arvo vakavoitui ja pyysi Maijaa istumaan alas, selitti juurta jaksaen polviasiansa ja tulevan leikkauksen.

– Ajattelin minä, että en lähde, mutta kai se on vain tunnustettava, että en minä enää tämän jalan kanssa pärjää.

– Menet, menet, totta kai, Maija kannusti.

– Mutta miten sinä sitten, kuinka pärjäät? Sanoivat että pitää leikkauksen jälkeen vielä kuntoutuslaitokseenkin, Arvo huolehti.

– Me tehdään kuule Arvo nyt niin kuin tilanne vaatii. Sinä lähdet huomenna sinne sairaalaan ja olet siellä sillä kellonlyömällä kuin tuossa lapussa seisoo, Maija viittasi kädellään pöydällä lepäävään kirjeeseen, jota Arvo oli hänelle hetki sitten näyttänyt. – Ja minä, minä menen tutustumaan sinne palvelutaloon. Asun siellä sen aikaa kuin sinulla menee siellä korjaus- ja huoltoreissulla. Sitten kun sinä olet kunnossa niin katsotaan asiaa uudestaan.

– Kai se on sitten mentävä, Arvo myöntyi. – Vaikka ei minulla kyllä taida olla enää vaihtoehtoja, ei tästä elämästä täällä tule tällaisen jalan kanssa yhtään mitään.

– Hyvä, asia on sitten sovittu. Ja minähän voin käydä sinua siellä sairaalassa katsomassa, kun kerran kaupungissa asun.

– Sovitaan niin, Arvo riemastui.

***

Niin koitti tiistaiaamu ja Arvo astui kassinsa kanssa taksiin. Maija oli nukkunut Arvon vieraskamarissa edellisyön. Ei ollut raaskinut jättää miestä yksin eikä muutenkaan olisi ollut järkevää komuta takaisin omalle talolle, sen piha kun oli edelleen ollut siinä kunnossa kuin Maijan sieltä lähtiessä.

Olihan Arvo kyllä tarjoutunut traktorin rattiin ja auraamaan, mutta Maija oli kieltänyt. Päättänyt, että vaikkei Arvolle onnettomuudessa vammoja ollut tullutkaan, niin silti olisi parempi ottaa varovasti leikkauksen alla.

Maija sai Arvon taksilta kyydin kotimökkinsä eteen. Siinä vielä hyvästeltiin nopeasti ja toivotettiin onnea matkaan puolin ja toisin, sovittiin, että tavattaisiin pian.

Koko yön oli satanut vettä ja lumikasat olivat kutistuneet itsekseen. Niin Maija pääsi vaivatta sisälle

49

kotiinsa.

Hiljainen oli Maijan talo. Liian hiljaiselta se nyt tuntui, yksinään, omien ajatustensa kanssa. Jännitti ihan mahdottomasti Arvon puolesta ja vieläkin enemmän se, että Tiina oli tulossa puolilta päivin Maijaa sinne tutustumiskäynnille hakemaan. Vaan oli se sentään hyvä, että Tiina oli tulossa. Ei tarvinnut itse taksilla ja linja-autolla. Osaisiko sitä edes autoon asemalta nousta kun edelliskerrasta oli jo pitkä tovi?

Maija valitsi huolella vaatteet päälleen. Päätyi lopulta pitkällisen aprikoinnin jälkeen vetämään sinisen pyhäleningin ylleen. Tiedä miten hienoja ne kaupunkilaisrouvat siellä palvelutalossa ja hän vain tämmöinen tavallinen maalaisakka! Eihän täällä ollut kauppojakaan josta muotivaatteita ostaa, ja jos olisikin, niin työstä se kävi syrjäkylältä kaupoille lähtö.

– Pyhähameessako sinä äiti? Tiina ihmetteli tullessaan.

50

– Minä nyt ajattelin, että pukeudun kunnolla kun kerran oikein kaupunkiin mennään. Ovat niin kuluneita nuo arkivaatteet, kun eihän täällä ole kauppoja eikä niin väliksikään, kun kotona vaan ollaan.

– Siellä kaupungissa niitä vaatekauppoja on, joka kadunkulmassa joku, mennään yhdessä kiertelemään kun olet muuttanut, Tiina innostui eikä huomannut innostukseltaan Maijan pettynyttä ilmettä. Maija oli pettynyt, sillä tytär oli selvästikin jo päättänyt hänen puolestaan.

Kun olet muuttanut - niinhän tuo juuri oli sanonut. Vaikka samapa tuo, jos ei se paikka ihan hirveä olisi, niin kyllä hän sinne muuttaisi, ainakin siksi aikaa kun Arvo olisi poissa kotoaan. Mutta viimeistään sitten hän kyllä tulisi pois kun Arvokin palaisi kotiinsa. Jos ei kokonaan, niin kesäksi ainakin.

***

Ajomatka tuntui pitkältä. Issias ei pitänyt pitkäkestoisesta istumisesta. Kun Tiina lopulta kaartoi autonsa suuren punatiilisen kerrostalon parkkipaikalle, oli Maija niin helpottunut automatkan päättymisestä, ettei jaksanut enää edes jännittää.

Mentiin automaattisesti aukeavista ovista sisään ja äkkiä oltiin ruokasalissa, joka oli hieno kuin niissä kylpylöissä, joissa Maija joskus oli kuntoutusreissuillaan käynyt. Ruokasalissa istui muutama rouva, jotka tervehtivät iloisesti Maijaa, pyysivät pöytäänsä istumaan ja alkoivat jutella.

– Ihan tämä on kuin maalla, jututetaan tutut ja tuntemattomat! Maija hämmästeli mielessään.

Rouvat olivat oikein ystävällisiä, kertoivat tapaavansa toisiaan täällä joka päivä ja vaihtavansa kuulumiset. Innostuivat oikein kun kuulivat, että Maija oli tullut asuntoon tutustumaan, kutsuivat kylään heti ja omia kotejaan katsomaan.

– Ei siitä kalustamattomasta asunnosta oikein saa oikeaa kuvaa, sitten kun on huonekalut ja tuttuja tavaroita ympärillä, sitten vasta alkaa kodilta näyttää, selitti toinen rouvista.

Kohta Tiinakin liittyi seuraan ja Maija esitteli tyttärensä rouville. Tiinalla oli mukanaan tarjotin ja kahvit itselleen ja Maijalle.

– Oikein hyvää kahvia täältä ainakin saa, Maija myönteli Tiinalle kun he tekivät lähtöä asuntoa katsomaan. Asuntoa esittelemään tullut nuorimieskin oli oikein mukava ja kohtelias, kertoi laveasti talosta ja sen tapahtumista.

– Oma kuorokin täällä asukkailla on, mies kertoi ja Maija innostui.

– Minä olenkin laulunaisia! Monta kymmentä vuotta olen kulkenut kylällä harjoituksissa ja esiintymässäkin olen kuoron kanssa käynyt pitkin Suomea. Silloin vasta lopetin kun mies äkisti kuoli, eikä ollut enää kyyditsijää.

Muistaessaan Matin ja sen kaiken surullisen, Maijan ääni muuttui äkisti haikeaksi ja katse unohtui näkemään jotain mitä ei oikeasti ollut tässä ja nyt.

– Sitten vain harrastusta jatkamaan! mies oli kuin ei Maijan haikeutta olisi huomannutkaan ja sai reippaalla äänellään Maijankin heräämään ajatuksistaan.

– Ottaisikohan ne minutkin mukaan? Maija epäröi.

– Varmasti ottavat, mies lupasi ja Maijalle tuli hyvä mieli. Jotakin turvallista ja tuttua täällä sentään sitten olisi.

Asunto vain ei ollut koti. Valkoiset tyhjät seinät tuntuivat kolkoilta. Eikä ollut pihaakaan niin kuin kotona. Parveke vain ja siinäkin lasi-ikkunat.

– Mitäs tykkäät? Tiina kyseli ilmeisen innostuneena.

– Onhan tämä ihan mukava, hieno kylpyhuone ja kaikki, Maija yritti olla latistamatta Tiinan innostusta.

– Tuodaan tänne sinun keinutuoli ja oma sänky,

lipasto, sohva, verhot ja matot, Tiina selitti touhuissaan. – Hieno tästä tulee!

– Niin kai sitten, Maija huokasi.

Pois lähtiessä käytävässä tuli vastaan toinen niistä rouvista, jotka Maija ja Tiina jo äskettäin ruokasalissa olivat tavanneet. Hanna sen nimi taisi olla.

– Mitäs tykkäsit, eikö ole mukavia ja tilavia nämä asunnot? rouva kysäisi.

– Olihan se ihan hieno, Maija vastasi vaisusti.

– Kyllä minä tiedän, että ankealta se näyttää ilman kalusteita, rouva nyökkäili Maijan apeudelle. – Mutta tulepas tänne, hän innostui ja tarttui Maijaa käsivarresta ja ennen kuin Maija ehti tajutakaan, johdatti hänet viereisen oven luo ja siitä sisään. – Katsopas tätä, eikö näytä ihan kodilta! rouva nauroi iloisesti ja alkoi esitellä paikkoja. – Tuo taulu on tuotu minun kotimökiltä ja tuo ryijy.

– Miten kaunis! Maija ihaili ja kosketti varovasti

seinävaatteen pehmeätä nukkaa.

Asunto oli tosiaan kodikas. Ikkunalla oli oikea viidakko huonekasveja ja katossa roikkui tyylikäs kristallikruunu.

– Osan tavaroista toin kotoa ja osan laitoin ihan uusiksi, vähän niin kuin uuden elämänvaiheen kunniaksi. Hyvä täällä on asua ja kyllä tämä jo ihan kodista menee kun toista vuotta tässä jo oleilen.

– On tämä kyllä viihtyisä Maija nyökkäsi ja mietti jo, mihin lipastonsa omassa asunnossaan sijoittaisi ja sitä, lähtisikö Tiina hänen kanssaan ostamaan hänellekin tuollaista kaunista mattoa, samanlaista kuin tässä asunnossa.

– Mitäs tuumaat, luuletko, että meistä tulee naapureita? Rouva kysyi.

– Taitaa meistä tulla, Maija vastasi vähän haikeasti, mutta samalla jo vähän innostuneenakin. – Vaikka en minä tänne loppuelämäkseni aio jäädä. Siiheksi vain kun minun naapurini palaa takaisin kotiinsa. Kyllä me sitten yhdessä siellä kodeissamme pärjätään.

– Voihan tämä olla ihan semmoinen väliaikainen kortteeri tai osa-aikainen. Monilla täällä on entinenkin asunto vielä käytössään, pitävät vähän kuin kesämökkinä sitä.

Se kuulosti Maijasta mukavalta. Koti oli kuitenkin aina koti. Tuntui turvalliselta, ettei se katoaisi mihinkään, vaikka hän tänne väliaikaisesti muuttaisikin.

***

Kotona Maija tunsi olevansa aivan poikki, hyvä ettei matkalla autoon ollut nukahtanutkin. Oli kierretty ja katsottu koko se iso talo, kuntosalit ja kaikki hienoudet. Täytetty nivaska papereita ja suunniteltu muuttoa, joka koittaisi jo tulevana viikonloppuna.

Arvon pystykorvaiselle Penille sentään käytiin antamassa raikasta vettä ja ruokakuppi ja Tiinalle Maija vielä lämmitti väsymyksestään huolimatta lihakeittoa, se kun valitti huonoa oloa ja kuvotusta, joka tuli aina kun ei muistanut syödä riittävän usein.

– Oletko sinä kipeä jotenkin kun noin heikottaa, nuorta ihmistä? Maija hämmästeli.

– En minä kipeä ole, Tiina vastasi.

Maija tihrusti Tiinan ilmettä tarkkaan. Miten se olikin taas noin salaperäisen näköinen.

– Mikä sitten on, ei tuo ole ollenkaan sinun tapaistasi, tuommoinen heikotus?

– Ei olekaan, Tiina myönsi ja naurahti.

– Nyt alat kyllä kertoa, tämä päivä on ollut ihan riittävän rankka ilman sinun salaisuuksiasikin. Kerro heti, onko minulla syytä olla huolissani sinusta?

– Voi äiti, kun Lasse on vieläkin siellä Helsingin työkeikalla. Meidän oli tarkoitus tulla viikonloppuna Lassen kanssa auttamaan muutossa ja kertoa, kun tämä on sellainen Lassen ja minun yhteinen asia.

– Jaa, mikä se semmoinen? Maija hämmentyi, ei kai vain…

– Kyllä sinä äiti taidat jo arvata, ainakin jos hetken mietit, joten sama kai se on kertoa jo nyt.

– Niin? Maija odotti jännittyneenä, olikohan tämä sitä mitä hän epäili?

– Semmoinenhan se on se asia, että jos kaikki menee hyvin, niin syksyllä saat kolmannen lapsenlapsen ja Anni ja Onni uuden serkun!

– Vai semmoista! Maija innostui ja säntäsi halaamaan tytärtään.

– Älähän nyt, tämä on vielä niin alussa, Tiina toppuutteli äitiään.

Kun Tiina oli saanut syödäkseen ja levännyt hetken, oli tämän aika lähteä kotimatkalle.

– Muistat sitten syödä ja levätä riittävästi, Maija touhotti ja tyrkkäsi tyttärelle kassillisen leivonnaisia mukaan.

– Älä äiti nyt näin kauheasta laita, Tiina jarrutteli.

– Ei saa herkutella liikaa, hän selitti. – Iskee vielä raskausajan diabetes.

– Laitat pakkaseen ja syöt pikkuhiljaa Lassen kanssa, Maija komensi eikä ottanut estelyitä kuuleviin korviinsa.

Vielä pitkään Maija seisoi ikkunassa sen jälkeen kun Tiinan auto oli hävinnyt näkyvistä. Istui sitten penkille ja hetken mietteliäänä silitteli ja oikoi esiliinaansa. Vaan eipä hän malttanut kauaa siinä paikallansa olla, rinnassa kupli ilo valtoimenaan kihelmöiden aina sormenpäihin asti.

Kuin ihan villiintyen hän nousi äkkiä ja veti auki lipaston alimman laatikon. Kaivoi aikansa vimmatusti aarteitaan ja palasi lopulta tuolinsa luo kantaen käsissään jotakin hyvin lämmintä ja pehmeää. Hellä hymy kasvoillaan hän punnitsi kahta lankakerää. Toinen oli vaaleanpunainen ja toinen yhtä hennon sininen.

***

Muuttokuorma oli pakattu. Lasse ja Tiina kantoivat vielä viimeisiä laatikoita. Kun Maija meni portaille huutelemaan porukkaa lähtökahveille, hän unohti kesken kaiken mitä aikoi tehdä. Jäi hämmästyneenä seuraamaan esikoisensa Antin touhuja. Antti tarpoi pellon laidalla, nosteli käsiään ja mittoi jotakin. Harppoi sieltä sitten kosteassa ruskeassa polviheinikossa vajan nurkalle, työnsi kädellään sitä ja potkaisikin jopa.

– Mitä sinä siellä? Maija huuteli pojalleen pihan perälle. – Kyllä se pystyssä pysyy, lujan vajan koneita varten se isäsi aikoinaan rakensi.

– Niin taisi tehdä, Antti myönsi tyytyväisesti hymyillen astellessaan Maijaa ja muuta muuttoseuruetta kohti.

– Mennäänpä nyt kahville, Maija hoputti ja koko joukko lompsi tihkusateesta sisälle pirtin lämpimään.

– Joko te olette vauvanvaatteita ostelleet? Maija ei malttanut olla ottamatta vauva-asiaa esiin, kun Lasse ja Tiina olivat päässeet pöytään istumaan.

– Ei kai me vielä sentään, tai no, kyllä me vähän vaunukuvastoa jo tässä yksi päivä katseltiin.

– Valitkaakin oikein hyvät, minä maksan! Maija innostui.

– Eihän sinun äiti tarvitse, Tiina ehätti estelemään.

– Kyllä minä kuule saan ostaa lapsenlapselleni niin paljon lahjoja kuin haluan!

– Vai niin, Tiina naurahti ja Lassekin kallisti päätään hyväksyvästi.

Siinä he istuivat hetken ja juttelevat eikä Maija muistanut ollenkaan jännittää tulevaa päivää. Anttia hän vähän ihmetteli, se kun istui kovin mietteliäänä ja mittoi katseellaan pihaa ja kyseli välillä isänsä viljelyksistä, että mitä kasvoi silloin aikoinaan milläkin pellolla ja millaista maata ne olivat.

***

Maija oikoi harmaata sängynpeitettä ja katseli ma-kuuhuonettaan. Sänky oli ihan uusi, vanha oli jätetty kotiin odottamaan, että Maija menisi siellä käymään ja yöpymään. Lipasto oli tuttu ja seinävaate. Keittiös-sä oli uusi, pieni ruokapöytä. Maija meni sen luo ja istui sen ääreen. Nousi kohta ja meni omaan tuoliinsa, siihen, mikä oli kotona vielä ollut hänen mielestään paras paikka istua. Nyt se ei vain tuntunut oikealta. Hän nousi siitäkin ja meni taas pöydän ääreen, katseli valokuvia kirjahyllyssä, tuttuja kahvikuppeja tiski-pöydällä. Tuskastui.

Eihän tässä osannut olla! Tavarat olivat oikeita, mutta väärissä paikoissa. Tai paikka oli ihan väärä. Vaatii totuttelua vain, oli Tiina sanonut ja oikeassa varmaan olikin.

Jos lähtisi vähän kävelemään, menisi Anttia vas-taan? Maija vilkaisi kelloa, Antin oli määrä tulla häntä kohta hakemaan, kun oli luvannut lähteä käyttämään Maijaa Arvoa katsomassa. Mutta osaisiko täällä mihinkään, entä jos eksyisi eikä osaisi enää takaisin?

Maija nousi ja oli kahden vaiheilla. Hän pysähtyi kuuntelemaan, käytävästä kuului iloista rupattelua. Jos se oli vaikka Hanna, se mukava uusi naapuri, se osaisi varmasti neuvoa jos Maija meinaisi eksyä tässä talossa. Mutta ei Maija tunnistanut ääntä, joku muu se oli, ei Hanna eikä se toinenkaan tuttu rouva, Reetta. Mutta olivatpa ketä hyvänsä, niin ne olivat sentään uskaltaneet käytävään. Kyllä kai hänkin voisi? Osasihan hän itsekseen siellä ruokasalissakin käydä, joten miksei sinne pääovelle osaisi, vaikka se toisessa rapussa olikin.

– Nyt minä menen! Maija tokaisi itselleen komentavasti. Laittoi kengät jalkaan ja villatakin harteille. – Menen katsomaan vaikka niitä kauniita tauluja sinne galleriahuoneeseen Anttia odotellessa.

Niin Maija veti keuhkot täyteen ilmaa rohkaistuakseen, painoi oven perässään lukkoon ja lähti. Galleria ei ollut kaukana, käytävän päässä vain. Maija pysähtyi sen oviaukkoon, mutta ei nähnytkään tauluja, seinät olivat tyhjät. Vain ylhäältä ikkunasta lankeava auringonvalo teki maalauksensa valkealle seinälle.

– Päivää, tervehti galleriassa häärivä nainen, pitkä ja kaunis. Kiharatukkainen.

– Päivää, Maija vastasi tervehdykseen vähän empien. – Minä tulin tauluja katsomaan, mutta eihän täällä olekaan…

– Kohta on! nainen naurahti. Maija katsoi, miten tämä nainen, Mariaksi se oli itsensä esitellyt, availi huolella käärittyjä maalauksia paketeistaan ja nosteli niitä seinille, siirsi paikasta toiseen, mallasi ja katseli pää kallellaan niitä.

– Onko nämä sinun tekemiäsi? Maija ihasteli kauniita kukka-asetelmia ja kotoisia maisemamaalauksia.

– Kyllähän nämä minun ovat, nainen hymyili. – Vähän vanhoja jo, urani alkuvaiheilta. Mitäs pidät?

– Ihania, Maija huokasi. – Osaisipa itsekin jotakin tuommoista.

– Oletkos koskaan koettanut, maalata? Nainen kysyi ja Maijaa alkoi naurattaa.

– Lasten kanssa joskus maalattiin, mutta ne sanoivat, että anna äiti olla, tuo sinun koirasi näyttää ihan hevoselta eikä ihmisellä kuulu olla noin suurta päätä. Mutta käsitöitä minä teen, sommittelen lankoja ja kudon, eikös sekin ole taidetta?

– On, on, sehän vasta taidetta onkin, nainen myönteli innostuneesti.

– Vaikka jotenkin siitäkin hommasta on viime aikoina mennyt ilo, harmaita olen kutonut.

– Ai, sinulla on ollut vähän semmoinen harmaa kausi, nainen hymyili ymmärtävästi.

– Niin, Maija huokasi taas. – Mutta nyt minulla on vaaleanpunainen! hän sitten riemastui.

– Se kuulostaa paljon paremmalta, nainen naurahti.

– Niin se onkin, paljon parempaa, Maija kehui ja kertoi siltä seisomalta koko tilanteensa, vauvauutisineen, muuttoineen kaikkineen. Matin äkkinäisen kuolemankin siinä vuodatti. Hämmentyi jossain vaiheessa tajutessaan puhuvansa ihan oudolle ihmiselle ja lopetti.

– Minähän voisin maalta tuosta taulun, nainen tuumi miettiväisenä – Harmaata, joka pikkuhiljaa muuttuu vaaleanpunaiseksi ja siniseksi ja siihen ympärille voisi sitten laittaa enemmän väriä kuvastamaan menneisyyttä ja tulevaisuutta. Hei, siitähän tulisi hieno, siinä olisi harmaata se tämä hetki ja ympärillä kuitenkin kaikki elämän värit!

Maija katsoi naista melkein suu auki. Ja hämmästyi vielä enemmän, kun nainen tarttui häntä kädestä ja kiitti.

– En ole saanut maalattua aikoihin mitään, mutta nyt sain viimeinkin idean, kiitos siitä, kiitos, kun kerroit tarinasi!

– Äiti täällähän sinä olet! Maija kuuli Antin äänen selkänsä takaa. – Minä kävin sinun ovikelloasi jo soittelemassa, eikö meidän ollut määrä sinne Arvon luo lähteä?

– Voi, minä aivan unohdin ajankulun, oli niin mukava rupatella tämän nuoren naisen kanssa, Maija selitti pahoittelevasti.

– Meillä oli oikein mukava keskusteluhetki, nainen sanoi ja ojensi kätensä Antille, tervehti ja esitteli itsensä. Antti esittäytyi takellellen, oli kovin hämmästyneen oloinen.

– Me tästä lähdetäänkin, Maija totesi, kun nainen oli ensin kutsunut hänet ja Antin tuleviin taidenäyttelyn avajaisiin. Mutta Antti ei meinannut liikahtaakaan, seisoi vain siinä kuin mikäkin pökkelö ja ymmärsi seurata vasta kun Maija nyki käsivarresta:

– Mitä sinä nyt siihen jäit äimistelemään, mennään sitten!

Käytävällä Maija selitti innoissaan, miten oli antanut taiteilijalle idean maalaukseen.

– Menitkö sinä neuvomaan sitä? Antti nosti kätensä suunsa eteen kauhistuneen näköisenä.

– En mennyt, itse se itseään tuntui kovasti neuvovan, Maija ihmetteli Antin kauhistusta.

– Tiedätkö sinä äiti yhtään kuka se oli? – Mukava nuori nainen, Mariaksihan se, esittäytyi, Maija vastasi tietäväisesti.

– Äiti, se oli Maria Ström, melkoisen kuuluisa taidemaalari, niittänyt mainetta maailmallakin.

– Vai niin, Maija nauroi, olkoon vaikka Helene Schjerfbeck tai Akseli Gallen-Kallela, mutta nyt lähdetään, Arvo odottaa!

***

Sairaalassa tuoksui puhtaalta. Lattia kiilsi ja hoitajat kiirehtivät sinne tänne äänettömillä terveyskengillään. Antti opasti Maijan oikealle ovelle ja lähti sitten itse hakemaan sairaalan kukkakaupasta Arvolle kukkia, kun Maija käski.

Maija koputti oveen, mutta ei saanut vastausta, joten meni sisään ilman kehotusta. Arvo makasi perimmäisessä vuoteessa, ikkunan vieressä ja tuijotti ulos.

– Olet myöhässä! Arvo ärähti.

– Eihän me paljon, tunti vain, Maija hämmästyi. Tämä ei nyt ollut ollenkaan kiltin ja leppoisan Arvon tapaista. – Tapasin yhden taidemaalarin ja jäin suustani kiinni, Maija alkoi selittää innoissaan, mutta Arvoa ei tuntunut kiinnostavan.

– Minä tapasin yhden lääkärin ja kolme tai neljä sairaanhoitajaakin tässä on päivän mittaan juossut, mies vastasi kuivasti.

71

– No, mitä ne sanoivat?

– Ei ne mitään sano, kunhan mittaavat kuumetta ja kaivelevat tuota polvea, kyttäävät jatkuvasti, ei hetken rauhaa saa!

– Antti meni hakemaan kukkia, tilasin keltaisia, piristyt vähän, Maija koetti vaihtaa puheenaihetta.

– Tässä mitään kukkia tarvita, ehjä jalka ja koti-mökki minulta puuttuu!

– Ei niillä taida siellä kukkakaupassa eikä kant-tiinissakaan olla semmoisia myynnissä, Maija hymäh-ti. – Mitä se lääkäri sanoi, miten se paraneminen on edistynyt?

– Meinasi, että viikko täällä vielä menee, sitten alkaa kuntoutus. Kipulääkettä määräsi lisää, mutta särkee silti.

– Kyllä se särky varmasti helpottaa, Maija lohdutti.

– Siitä leikkauksesta on vasta niin vähän aikaa.

– Se minua tässä tympäisee, se pirskatin kuntou-tussairaala. Sanoivat, että voisivat hyvin kulkea kotona kuntouttamassa, mutta eihän se onnistu siellä syrjäkylällä. Ei ne sinne asti ala ajelemaan.

– Niin, onhan se selvä ettei ne sinne asti, Maija mietti. – Mikä siinä kuntoutussairaalassa sitten on niin hirveää?

– Tuo, Arvo tiuskaisi kiukkuisesti ja osoitti ovelle ilmaantunutta nuorta sairaanhoitajaa. – Ei minkäänlaista rauhaa!

– Päivää Arvo, hoitaja tervehti ja nyökkäsi Maijallekin, oli kuin ei olisi kuullutkaan Arvon ärhentelyä. – Tässä olisi nämä särkylääkkeet. Iltapäivällä tulee sitten fysioterapeutti, saat kokeilla kävelemistä.

– Kävelemistä! Arvo karjaisi.

– Kyllä, kävelemistä hyvinkin, sellaisen tuen kanssa. Näissä tekonivelleikkauksissa on tärkeää aloittaa kuntoutus heti.

Arvo ei vastannut, veti vain suunsa viivaksi, kun oli ensin nielaissut kaksi hoitajan ojentamaa soikeaa tablettia.

– Kiusaavat koko ajan, Arvo murjotti Maijalle, kun hoitaja oli mennyt.

– Koeta Arvo ymmärtää, ne tekevät vain työtään ja tietävät kyllä miten tässä pitää toimia, että paranet.

– Päivää, mitenkäs täällä? valkotakkinen, pitkä ja komea mies hyökkäsi kiireisin askelin ovesta sisään melkein heti sen perään, kun sairaanhoitaja oli lähtenyt. – Jaahas, täällä on vaimokin? lääkäri ojensi kysyvän näköisenä Maijalle kättään, tervehti.

– Ei kun, naapureita me vain... Maija häkeltyi.

– Vaimo se on ja aikoo viedä minut kotiin täältä! Arvon ilme oli tuima.

– Enkä ole kuin naapuri, ja vaikka olisin vaimokin, niin en veisi tuommoista äkäpussia yhtään mihinkään! Maijaa suututti, alkoi jo tympiä ison miehen lapsellinen kiukuttelu.

– Niin, siitä kotiuttamisesta tulin puhumaan, kun päivällä sitä mietittiin, lääkärin ilme oli peruslukemilla, oli kuin ei olisi kuullutkaan Maijan ja Arvon puheita. – Selvitin sitä asiaa ja kyllä se on niin, ettei se kuntoutus toteudu sinne syrjäseudulle täältä käsin, niitä harjoituksia kun pitää aluksi tehdä ihan kolmekin kertaa päivässä. Kyllä ainoa vaihtoehto taitaa olla sairaala.

– Arvoko voisi olla kotona, jos asuisi kaupungissa? Maija ei malttanut olla puuttumatta keskusteluun.

– Kyllä, fysioterapeutti voisi silloin tehdä kotikäyntejä, mutta nyt se ei valitettavasti onnistu, lääkäri pahoitteli.

– Entä jos Arvo laittaisi asunnon täältä kaupungista? Maija innostui.

– Miten minä tästä nyt asuntokaupoille, sairaalasängystä käsin ja rahattomana? Eihän tuossa sinun järjenjuoksussasi ole mitään tolkkua? Arvo katsoi vuoron perään Maijaa ja lääkäriä hämmästyneenä.

– Ei asuntokaupoille, mutta jos tulisit sinne minun asuntooni?

– Äiti, äiti, mitä järjestelyjä sinä taas täällä kyhäi-

75

let? Eihän siihen asuntoon kahta mahdu, yksi makuu-huonekin vain! Antti oli ilmestynyt ovelle keltaisen kukkakimpun kanssa. – Mikä juttu tämä nyt on? poika halusi tietää.

– Arvo ei halua kuntoutussairaalaan, mutta on pak-ko kun koti on niin kaukana, Maija selitti pettyneen näköisenä. Idea oli aluksi tuntunut niin hienolta, mutta tottahan Antti puhui, ei siihen asuntoon kahta mahtui-si. Ei ainakaan jos alettiin miettiä olisiko se sellainen järjestely edes sopivaa.

– Älähän nyt harmistu äiti, Antti riensi taputtamaan Maijaa olkapäälle ja tervehti samalla jo lapsuudesta asti tuttua naapurinisäntää kädestä pitäen. Samoin myös lääkäri sai Antilta lämpimän kädenpuristuksen ja napakan esittäytymisen, jota Maija seurasi ylpeänä vierestä. Antti oli aina osannut käyttäytyä hyvin.

– Tämä asuntoasiako tässä nyt on ongelma? Antti katsoi ensin Arvoa ja alkoi sitten selittää lääkärille: – Äiti muutti viikko sitten palvelutaloon. Se on sellai-

76

nen ihan uusi paikka, vasta valmistunut iso kerrostalo jossa on palvelut ja kaikki. Voisihan sitä selvittää, että voisiko Arvo siirtyä täältä sinne, siellä kun on niitä tyhjiä asuntojakin vielä vaikka kuinka.

Arvo katsoi Anttia epäröiden, mutta Maijan silmät loistivat. Tietenkin, Arvolle oma asunto, miten hän ei sitä heti itse ollut keksinyt!

– Soitetaan Riitalle, Antti innostui. – Riitta on Arvon tytär, hän selitti vielä lääkärille.

– Ei soiteta! Arvo sanoi napakasti, kun Antti oli jo kaivamassa kännykkää taskustaan. – Riitta on Afrikassa taas, niissä kaivohommissa.

– Antti hoitaa, Maija sanoi päättäväisesti. – No soita nyt sinne taloon ja kysy voiko sieltä saada asunnon näin nopeasti!

– Sopiiko se Arvo sinulle? Antti katsoi Arvoa kysyvästi.

– Vai että semmoiseen kanankoppiin pitäisi itsensä ahtaa? Hulluksihan semmoisessa tulee, kerrostalolokerossa!

– Mene sitten sinne kuntoutussairaalaan, siellä on varmaan hehtaarin kokoiset potilashuoneet niin mahdut siellä paremmin olemaan! Maija tiuskaisi, poimi vihaisesti käsilaukkunsa Arvon sängynpäädystä ja alkoi napittaa takkiaan vauhdilla. Lääkäri otti muutaman askeleen taaksepäin, rykäisi ja näytti miettivän kovasti, sanoisiko jotakin vai poistuisiko vähin äänin.

– Soittakaa sitten ja selvittäkää, Arvo murahti lopulta.

– Te saattekin varmasti itse tämän asian hoidettua, Lääkäri nyökkäsi Antille ja kääntyi mennäkseen ovea kohti. – Ilmoittakaa asioiden selvittyä vaikka Arvon omahoitajalle, mihin Arvo kotiutuu, jotta saadaan tehtyä kuntoutuspaperit ja lähetteet sitten sen mukaisesti, tämä vielä sanoi, ennen kuin lähti tapaamaan seuraavaa potilastaan.

***

Ulkona harjakone pölisytti katuhiekkoja ilmaan niin että Maijaa alkoi yskittää. Ohiajavien autojen jyrinä otti korviin. Haalariasuiset vapunjuhlijat ajoivat polkupyörillään Maijan melkein kumoon.

Maija puuskahti. Jos nyt olisi kotona, niin saisi olla rauhassa. Eikä olisi pölyä ja jyrinää. Tuoksuisi puhdas multa ja koski vain vaimeana kohisisi. Jos joku auto ohi menisikin, niin se ei metelillään haittaisi, niin harvoin niitä sielläpäin liikkui. Maija huokaisi, suretti talokin, siellä se nyt yksinään tönötti, ikkunat pimeinä ja luuta oven edessä.

Antti puhui koko ajomatkan, Maija sen sijaan oli hiljaa. Ikävä kaihersi ja mietitytti Arvo ja tämä muuttamisasia. Muutenkin huolestutti Arvo, edes koiransa Penin, joka oli saanut hyvän sijaiskodin Arvon vanhan metsästyskaverin luota, kuulumisia mies ei ollut kysynyt.

Antti oli saanut sovittua tapaamisen palvelutalon johtajan kanssa. Mitä sitten jos siitä ei tulisi mitään, jos ei asuntoa löytyisikään?

Äkkiä oli alkanut tuntua ihan hirveän tärkeältä saada Arvo johonkin lähelle. Ei Arvo siellä kuntoutuslaitoksessa taitaisi pärjätä, kun sairaalassa olokin tuntui olevan niin hankalaa. Koko mies tuntui ihan muuttuneen, ei tuo äskeinen ollut se sama tuttu Arvo ollenkaan, se jonka Maija oli tuntenut monta kymmentä vuotta. Tähän mennessä Arvo oli aina ollut se, jonka hermot olivat pitäneet pahimmassakin paikassa ja se, jolla oli ollut joka ongelmaan järkevä ratkaisu.

– Kuuntelitko sinä äiti ollenkaan? Antti kysyi yhtäkkiä eikä Maija voinut muuta kuin myöntää, ettei ollut kuunnellut.

– Anteeksi Antti, minä sitä Arvoa mietin.

– Älä Arvosta huoli, hoidetaan se asia. Kyllä kaikki järjestyy, paperiasioita myöten. Mutta minusta sinä kyllä voisit olla vähän huolissasi.

– Miten niin, miksi sinusta?

– Juurihan minä selitin, sinä et tosiaankaan kuunnellut, Antti torui, mutta ei kuitenkaan vaikuttanut olevan tosissaan pahastunut. – Siitä puhuin, että nyt pitäisi saada itselle ja perheelle uusi suunta.

– Mikä suunta, millainen? Maija oli ihmeissään, mitä Antti oikein höpötti?

– Töitä on vielä muutamaksi kuukaudeksi. Mutta minä ajattelin lopettaa jo aiemmin. Siis jos se sinulle ja Tiinalle sopii.

– Mitä sinä sitä meiltä kysyt ja miten niin töitä vain muutamaksi kuukaudeksi?

– Se tuli se lopputili, Antti sanoi hiljaa.

– Voi hyvän tähden! Maija kauhistui. – Miten te nyt pärjäätte?

– Sitäpä minä tässä juuri suunnittelen. Tai me ollaan Pirjon kanssa yhdessä puhuttu ja suunniteltu. Että jos myytäisiin talo. Ja sinä myisit sitten minulle omasi, voitaisiin ottaa Arvon Peni-koirakin siihen meille.

Maija haukkoi henkeään, ei osannut päättää oliko tämä käänne nyt hyvä vai huono. Toisaalta ei olisi tehnyt mieli luopua. Mutta toisaalta tuntuisi hyvältä, että talossa olisi taas elämää.

– Mutta millä te sitten eläisitte? Ei kai sieltä meidän kylältä insinöörin töitä löydy?

– Ajattelin omaa suunnittelutoimistoa. Perustaisin sellaisen. Se olisi ihan helppoa, välillä joutuisi tietenkin reissaamaan, mutta pääasiassa voisin työskennellä kotoa käsin, tietokoneella katsos. Ja pellot ottaisin taas käyttöön. Osan tuloistamme saisimme siitä työstä.

– Entä Pirjo, sillähän on kaupungissa vakituinen opettajan virka?

– Pirjo voi aluksi kulkea maalta käsin vanhalla työpaikallaan, ei olisi niin huolta lasten päivähoitoajoistakaan, kun minä kuitenkin olisin kotona ja joutaisin viemään ja hakemaan tarhasta. Ehkä jossain vaiheessa sitten löytyisi lähempää jostakin kyläkoulusta virka.

– Noinkohan, meinaavat niin hanakasti olla lakkauttamassa niitä kouluja siellä meillä päin? Maija epäili.

– Miettisitkö nyt kuitenkin tätä asiaa äiti?

– Entä minä, mihin minä sitten menisin?

– Sinullahan on asunto nyt täällä, Antti totesi ykskantaan.

Maijan oli pakko kääntää kasvonsa sivuikkunaa kohti ja katsoa pois Antista. Alahuuli tärisi ja vesi nousi silmiin. Että ei enää kotiin takaisin, sitäkö tämä tarkoitti?

– Olisit siellä meidän kanssa asumassa aina kesäisin ja muutenkin silloin tällöin. Puhuttiin tästäkin Pirjon kanssa. Sinun kamariisi ei koskettaisi, se pysyisi sinun omanasi, Antti selvensi kiireesti. – Se olisi siis edelleenkin sinun toinen kotisi.

– Minun pitää miettiä vielä, Maija nielaisi. Olo oli sekava. Toisaalta Antin puheissa oli paljon järkeä, mutta silti tämä kaikki tuntui oudolta. Osaisiko sitä kotiinsa mennä, jos siellä olisi jatkuvasti Antinkin perhe. Maija oli kyllä aina tullut miniänsä Pirjon kanssa toimeen, mutta nyt korvissa soi se vanha sanonta, ettei saman katon alle kahta emäntää mahtunut.

***

Kotona, tai siinä asunnossa - kodiksi ei Maija paikkaa vielä osannut mieltää, vaikka kohta ei enää tainnut olla vaihtoehtoja - Maija istui tuoliinsa ja huokaisi. Mitähän tästä kaikesta oikein tulisi?

Juttelen Tiinan kanssa, Maija lopulta päätti ja tarttui puhelimeen.

– Minusta tämä kuulostaa ihan hyvältä suunnitelmalta, Tiina ilmoitti hetken mietittyään. Tämähän on vähän niin kuin sellainen sukupolven vaihdos, Antti jatkaa siitä, mihin te isän kanssa aikoinaan jäitte.

– Mutta miten minä sitten... Maija ei osannut sanoa lausettaan loppuun, ei selittää sitä, miltä tuntui.

– Anna äiti asioille mahdollisuus. Ja Antille. Antti tarvitsee nyt sitä.

– Niin, Maija myönsi. Oikeassa Tiina oli, Antilla oli nyt kovat ajat. Sitä paitsi pakkohan Maijan oli sekin asia myöntää, että terveys ei enää ollut sama kuin parikymmentä vuotta sitten. Entä jos tästä vielä huononisi, tulisi sairastelua tai muuta. Nyt taloa ei sentään tarvitsisi myydä vieraille tai jättää tyhjilleen homehtumaan. Ei sitä sitä varten aikoinaan oltu rakennettu. Kyllä heillä oli ollut ajatuksissaan täyttää talo elämällä ja vilskeellä. Vaikka siinä sitten olikin käynyt niin, että lapsia tuli vain kaksi ja molempia odoteltiin vuosikaudet.

Ehkä nyt kuitenkin olisi aika antaa uusien pikkujalkojen täyttää lautalattiat töminällään ja pihamaan leikkimökki naurullaan ja iloisilla leikeillään. Ehkä niin. Ehkä asiat menivätkin juuri siihen suuntaan kuin oli tarkoitettu.

Maija nousi tuoliltaan puhelun lopetettuaan. Avasi lipaston alimman laatikon ja nosti sieltä kasan papereita. Vanhoja, mutta tärkeitä. Istui sitten alas ja otti kutimen käteensä.

Kun vaaleanpunaisen potkupuvun toinen lahje oli valmis, oli myös päätös tehty.

***

Kesä oli saapunut vihdoinkin. Elettiin kesäkuun ensimmäistä viikonloppua ja koulut viettivät kevätjuhliaan.

Maijan mökin pihamaalla nurmikko vihersi ja pihakoivut availivat pieniä lehtiään. Peni-koira makasi raukeana talon nurkalla, vain korvat liikahtivat silloin tällöin merkiksi siitä, että koiravanhus seurasi kyllä mitä pihalla tapahtui.

Maija istui tuvan portailla ja kaitsi kahta pientä villikkoa. Vaikka eivät ne niin kaitsemista kaivanneet, omiin leikkeihinsä uppoutuneet Anni ja Onni. Komeron perältä löytyneessä kattilassa keittyi keltainen voikukkakcitto ja lasipurkissa kuhisi kokonainen muurahaisarmeija.

Lapset olivat niin keskittyneitä leikkeihinsä, että Maija sai kaikessa rauhassa katsella pellolla hitaasti matelevaa traktoria ja keskittyä omiin ajatuksiinsa.

87

Arvon talolla pitäisi käydä ennen kotiin lähtöä. Arvo oli pyytänyt Maijaa noutamaan sieltä muutamia tavaroita uuteen asuntoonsa.

Muutto oli tapahtunut nopeasti, yhtä nopeasti kuin Maijankin muutto muutamaa viikkoa aiemmin. Niinpä muuttokuormasta oli jäänyt paljon oleellista. Mehukannu ja radio, vaatekaapista kolmet väljät housu ja eteisen komerosta kevättakki, Maija muisteli listaa, jonka Arvo oli kirjoittanut ennen Maijan kotimökille lähtöä.

Mutta vielä ei kuitenkaan ollut aika mennä Arvon talolle, ensin piti syödä punaiselta ämpärinkannelta Annin voikukkakeittoa ja laskea Onnin saalistamat muurahaiset kurkkupurkin pohjalta. Odottaa, että Antti saisi pellolla työnsä valmiiksi.

– Mitäs sanotte, lähdetäänkö laittamaan eväskori ja viedään isälle kahvia? Maija ehdotti, kun lapset lopulta alkoivat vaikuttaa kyllästyneiltä leikkeihinsä.

– Joo, viedään pullaa myös! Onni innostui.

– Pullaa myös, Maija lupasi hymyillen.

Eväskorin laitto sujui nopeasti pienten apulaisten kanssa ja pian kaikki kolme kävelivät pellonlaitaa pitkin kohti sinistä traktoria.

– Tuotiin kahvia! Lapset huusivat innoissaan, kun Antti astui isoilla saappaillaan alas traktorin ohjaamosta.

– Ja pullaa, täsmensi Onni vielä.

Maija katseli Antti-poikaansa ja hymyili tyytyväisenä. Ihan se oli ruutupaidassaan ja lippalakissaan viljelijän näköinen, melkein kuin ilmetty isänsä silloin aikoinaan, vuosikymmeniä sitten. Ja eilen illalla, oli melkein nauru päässyt, kun Pirjo-miniä oli motkottanut Antin multaisista saappaista pirtin nurkassa. Miten tutulta se olikaan kuulostanut!

– Tuo sarka vielä ja sitten rantapelto. Illaksi pitäisi tulla valmista, jos vain koneet kestää eikä tuolla alempana ole liian märkää, Antti osoitteli kädellään tiluksiaan ja selitti tärkeänä urakkaansa ja Maija nyökkäili myötäilevästi. Hyvin olivat aikoinaan tainneet mennä Antille perille isänsä opit. Vähän oltiin tietenkin yhdessä aiemmin keväällä kerrattu kyntö- ja kylvöasioita ja jostakin yhdistyksestäkin se oli tietoa haalinut. Mutta kyllä isän perintö silti näkyi pojan otteessa. Hyvä tästä tulisi, siitä Maija oli ihan varma.

– Pitää ruveta jatkamaan, Antti hoppuili ja nappasi nopeasti viimeisen pullasiivun korista ennen kuin Onni, joka oli hamunnut pitkosta varmasti vähintäänkin puolet itselleen, ehti siepata senkin.

– Me lähdetään sitten vaikka vähän saunapuita kantamaan lasten kanssa, Maija keksi nopeasti jotakin kiinnostavaa tekemistä lapsille, ettei pellolta poislähtemisestä olisi syntynyt kovin suurta itkua ja porua.

– Me kannetaan! Anni ilmoitti tomerasti vaaleat hiukset tuulessa liehuen.

– Jaksatko sinä äiti? Antti pysähtyi traktorin astinlaudalle huolestuneen näköisenä.

– Älä siinä hupata, Maija hymähti lempeästi. –

Selkä on ihan hyvässä kunnossa nyt ja kuulithan sinä mitä Anni sanoi, minulla on oikein reipasta kantoapua.

– Selvä, nähdään muutaman tunnin päästä, laittakaa sauna kuumaksi, Antti huikkasi, hyppäsi traktorinpenkille ja väänsi koneen käyntiin, nosti kättä ja laittoi koneen liikkeelle.

Lapsille tuli kiire tuvan suunnalle, eivät olleet kaupungin melusta huolimatta tottuneet traktorin meteliin. Talon suunnalta kantautui Penin haukku. Kauempana maantiellä Maija näki haukkumisen syyn, Lahtisen emännän, näkyi polkevan pyörällään, sininen huivi tuulessa lepattaen kohti Jokisen taloa.

– Juorut lentää, Maija hymähti itsekseen. Kovasti niillä kuului riittäneen juttua Maijan ja Arvon muuton jälkeen. Se, että asuttiin Arvon kanssa nyt samassa talossa, tarkoitti kyläläisten mielestä, että oltiin muutettu kaikilta salaa yhteen.

– Siinäpähän puhuvat, oli Maija tokaissut, kun Antti oli varovasti kylällä kuulemiaan huhuja edellisiltana kertonut. Ja mitäpä väliä sillä oikeastaan oli, puhuisivat aikansa ja sitten tulisi joku uusi asia ja Maijan ja Arvon asiat unohtuisivat. Eikä niitä kiinnostanut se, että naapureitahan Maija ja Arvo edelleen olivat, ihan samalla tavalla kuin aina ennenkin. Sitä niiden ei tarvinnut tietää, että nykyään he tapasivat päivittäin. Aluksi Maija oli ottanut tavakseen käydä Arvon luona iltakahvilla, mutta kun Arvon kuntoutuminen oli edistynyt, oli sovittu, että Arvo alkaisi vuorostaan käydä Maijan luona. Siinä samalla kun kertyi Arvolle sopivasti kävelymatkaa, mikä teki leikkauksesta toipuvalle jalalle hyvää. Rollaattorin kanssahan Arvo yhä käveli, mutta päivä päivältä kuitenkin paremmin.

– Mummo! Maija heräsi ajatuksistaan kuullessaan Annin kiljaisun. – Mikä kamala tuo on? Hyi, klokotiili! tyttö hyppäsi järkyttyneenä muutaman askelen taaksepäin.

– Pöhkö, krokotiilit on monta metriä pitkiä, eikä

niitä ole maassa, ne asuu tuolla joessa, isoveli-Onni opetti siskoaan samalla kun kyykötti maassa ja tökki pienellä kepillä jotakin.

– Sinä panit sen poikki! Anni, joka oli varovasti hiipinyt takaisin lähemmäksi heidän yhteistä löydöstään, kauhisteli.

– Enkä pannut, pikkuisen vain tökkäsin, ei se semmoisesta voinut katketa! Onni puolustautui loukkaantuneena.

– Sisiliskohan se oli, Maija opetti. Silmät pyöreänä lapset kuuntelivat, kun hän piti oppitunnin kotoisesta matelijasta ja sen uudelleen takaisin kasvavasta hännästä.

***

Kun iltaruoka oli valmis ja saunan piipusta kiemurteli ohut savuvana, kolisteli Anttikin kumisaappaineen tupaan.

– Valmista tuli! hän ilmoitti ja virutti pölyiset kätensä keittiön hanan alla.

Maija oli hiljaa likaisista kumisaappaista pirtin nurkassa ja lappoi lautasen täyteen lihakeittoa. Voitelipa pojalleen vielä kaksi voileipääkin sen seuraksi. Tiesi kokemuksesta, että pellolla tuli aina kunnon nälkä.

– Koskas se Pirjo meinasi tulla kotiin? Maija kysyi varovasti Antilta.

– Tulee vasta aamulla. Jää kaupunkiin yöksi ja tapaa ystäviään päättäjäispäivän jälkeen.

– Ai, tulee vasta aamulla? Maija vielä varmisti ja helpottui kun Antti nyökkäsi.

Ei Maijalla mitään Pirjoa vastaan ollut, mutta edel-

94

lisilta oli silti tuntunut hankalalta. Vei aikaa tottua aja-tukseen, että nyt tässä talossa emännöikin Pirjo. Ei Pirjo häntä ollut komennellut tai määräillyt, mutta silti tuntui oudolta, kun asiat tehtiin Antin vaimon tapaan eikä enää niin kuin Maija oli tottunut tekemään.

Sen takia Maija olikin päättänyt, että lähtisi jo maanantai-aamuna takaisin kaupunkiin. Mukavampaa siellä oli, kun sai itse hääriä kodissaan, eikä tarvinnut miettiä, tekikö kaiken oikein ja oikeassa järjestykses-sä.

Sitä paitsi maanantai-iltana olisi kuoron harjoituk-setkin. Naapuriasunnon Hanna odotti häntä sinne. Yh-dessä Hannan kanssa oltiin suunniteltu laululistaa uu-siksi ja nyt piti treenata Kesäillan valssia talon kesä-juhlaa varten.

Takaisin maalle Maija aikoi tulla vasta vähän en-nen juhannusta. Silloin olisi vuorossa juhlien järjes-täminen – yhdessä Tiina-tyttären sulhasen äidin kans-sa oli alettu varovasti suunnitella juhannushäitä nuorelle parille. Tiinalle ja Lasselle asiasta ei vielä oltu puhuttu, ne kun olivat jo maistraatissa käyneet solmimassa virallisen avioliiton. Mutta eivähän ne nyt voisi vastaan laittaa. Saataisiin oikein kunnon perinteiset kesäjuhlat.

Tiina rakasti juhlia, ei ympäripuhuminen kovin vaikeaa voisi olla. Maija oli varta vasten ottanut asian puheeksi palvelutalolla vierailleen papin kanssa. Se oli luvannut, että avioliitto voitaisiin siunata vaikka pari jo naimisissa olikin.

***

Arvon avara pirtti oli mullin mallin ja huoneilman täytti makeiden leivonnaisten tuoksu.

– Mihin sinä nyt taas? Maija hämmästeli, kun Arvo nousi vaivalloisesti tuolistaan.

– Kunhan verryttelen jalkojani, Arvo tuhahti, muka kuin ärsyyntyneenä Maijan vahtimisesta vaikka oikeastihan se tuntui hyvältä, se että toinen sillä tavalla osoitti välittämistään.

– Näkyykö pilviä? Ei kai siellä vain tule sade? Maija hätäili, kun Arvo asteli sen tuhannen kerran ikkunan luo ja vilkuili ulos taivaalle.

– Ei ole viidessä minuutissa ilmestynyt pilviä eikä sadettakaan, Arvo rauhoitteli ja asteli itseään kävelykeppiin tukien takaisin keinutuoliin istumaan, kun oli ensin ohimennen siepannut pelliltä vaniljantuoksuisen pikkuleivän.

Sivukamarista kuului kolinaa. Arvon tytär, äskettäin Afrikasta kotiutunut Riitta, siellä ystävänsä kanssa tuoleja siirteli. Laittoivat kirkolta lainatut muovituolit ojennukseen, että olisivat aamulla nopeasti siirrettävissä ulos pihamaalle.

– Onko niitä varmasti nyt tarpeeksi? Maija unohti hetkeksi leipomuksensa ja touhusi kamarin ovea kohti. – Viisikymmentä pitäisi olla ja muutama päälle, jos tulee kutsumattomiakin.

– On näitä, kahdeksankymmentä on, Riitta totesi rauhallisesti ja laski valkoisen muovituolin yhden pinon päällimmäiseksi.

Maija nyökkäsi hyväksyvästi. Alkoi sitten pakata viimeisiä pikkuleipäpellillisiä rasiaan ennen kuin Arvo ehti taas sieppaamaan uuden. Yhden vaan otan, Arvo oli sanonut jo monta kertaa, kun Maija oli sitä huiskaissut patalapulla sormille, että annapa olla.

Viimeinenkin pikkuleipärasia oli nyt nätisti pinossa ja Maija pyyhkäisi tyytyväisenä kätensä esiliinaan.

– Kuka nuo kaikki oikein syö? Arvo ihmetteli laatikoiden määrää.

– Pitää niitä olla, seitsemää sorttia, aina on ollut ja aina on tullut syötyä.

– Jaa jaa, Arvo hymähti ja kun Maija katsoi muualle, raotti yhden rasian kantta, sujautti muutaman lusikkaleivän taskuunsa ja lähti sitten muina miehinä makuuhuonettaan kohti. – Etkös meinaa mennä nukkumaan ollenkaan? mies vielä hämmästeli, kun Maija alkoi tarkastaa ties monettako kertaa suoriin riveihin aseteltuja astiapinoja tarjoilupöydältä pyyhkeitten alta.

– Ei tässä nyt ehdi, liinat pitää vielä silittää ja sinun pyhäpaitasi.

– Mitä sitä paitaa enää silität, johan sen kaupungissa silitit? Arvo ihmetteli.

– Pitää se, kyllä se pitää, Maija vakuutti. – On se siellä pukupussissa kuitenkin rypistynyt.

– Silitä sitten, minä ainakin painun maate, Arvo tokaisi päätään puistellen. Maija tuhahti, ei se ymmär-

99

tänyt, eivät miehet näitä asioita käsittäneet.

Hetkeksi Maija sentään kiireensä keskellä istahti pirtin penkille ja katseli ympärilleen. Kaikki oli valmiina. Isot kattilat hellalla pestyinä odottamassa, että Lassen äiti toisi aamulla mukanaan pitopalvelun laittamat ruuat, palapaistia ja lisukkeet siihen. Leipomuksetkin valmiina hääkakkuja myöten, jotka nekin vain odottivat enää kermaa ja koristeita ylleen. Tiinan sulhasen, Lassen, kummitäti oli luvannut ne laittaa, oli koulutukseltaan kuulemma kondiittori. Olisihan Maija itsekin, mutta pakko oli edes joku tehtävä muille antaa, kun ei sitä itse mitenkään olisi kaikkea ehtinyt.

Morsiamenkin Maija olisi halunnut pukea ja laittaa, mutta siihen oli Tiina sanonut tiukan ein. Tiinan lapsuudenystävälle oli jo se tehtävä luvattu.

Nyt ne olivat Maijan talolla saunomassa, polttareista olivat puhuneet. Pirjokin oli siellä mukana muiden Tiinan ystävien seurassa. Hyvä niin, Maija huokasi, helpompi oli laittaa täällä kaikki valmiiksi, kun yksin sai tehdä. Tai olihan täälläkin tietysti Arvo, Riitta ja Riitan Afrikasta mukanaan tuoma kaveri apuna, mutta niitä kehtasi sentään komentaa mielensä mukaan. Pirjoa Maija ei olisi osannut neuvoa, se kun oli jotenkin niin riuska tekemään kotitaloustöitä.

– Missä ne liinat on? Maija aikoi taas tarttua toimeen, mutta eteisen liinavaatelipasto olikin tyhjä siitä kohtaa, mihin Maija oli edellispäivänä isot valkoiset pellavaliinat laittanut.

– Silitetty, Riitta ilmoitti tomerasti kamarin suunnalta

– Ja isäsi paita? Maija katsoin tyhjää pukupussia eteisen naulakossa.

– Silitetty sekin, Riitta hymyili.

– Hyvä, minä joudan sitten nukkumaan, jouduhan sinäkin Tiinan ja muiden kanssa saunomaan, odottavat varmasti jo, Maija kehotti Riittaa helpottuneena siitä, että kaikki olikin jo tehty.

Selkää jomotti ja jalat tuntuivat raskailta. Nyt vasta

alkoi muistua mieleen se, miten näiden juhlien järjestämisen jälkeen saattoi nuorempanakin mennä monta päivää ennen kuin väsymys alkoi helpottaa.

Maija vetäytyi Arvon vieraskamariin ja istui sängylle. Vilkaisi ikkunasta punaista tupaa ja huokaisi helpottuneena. Kyllä täällä sentään oli hyvä, parempi kuin pellon toisella puolella, siellä missä Maija oli asunut melkein koko ikänsä ja missä Antti nyt isännöi ja Pirjo emännöi.

Täällä sai olla niin kuin oli, rauhassa ja enempiä tekemisiään miettimättä. Ja Arvon kuorsaus seinän takana, se oli jo parissa päivässä alkanut tuntua kotoisalta. Kyläläiset tietenkin puhuivat, mutta puhukoot, se oli Maijalle aivan sama. Kyllä Arvon ja Maijan asiat viimeistään huomenna unohtuisivat, siitä pitäisivät Tiinan pyöristynyt vatsa ja Arvon tytär uuden poikakaverinsa kanssa huolen.

***

Juhannusaaton aamu koitti lämpimänä, jo puoli kuuden aikaan oli melkein kaksikymmentä astetta lämmintä. Ilma enteili kesän ensimmäistä hellepäivää. Kun muu kylä vielä nukkui, kuului Arvon pirtistä jo kahvinkeittimen hyvät huomenet toivottava lempeä porina.

– Huomenta, joko sinä ne lääkkeet muistit, Maija astui aamutakissaan pirttiin, jossa Arvo jo istuskeli kahvia odotellen.

– Otin, otin, mitä sinä nyt niistä? Arvo ihmetteli.

– Niin, kyllähän sinä ne itse huolehdit, anteeksi, Maija pyyteli, säikähti menneensä rajan yli. Muisti vieläkin hyvin Arvon kiukkuisuuden tämän sairaalassaolo ajoilta.

– Huolehdi vain kaverina, jos haluat. Pidetään toisistamme huolta, Arvo naurahti ja taputti Maijaa olkapäälle ohi mennessään. – Istuhan alas, kaadan meille kahvit. Laitoin leipätarvikkeetkin tuohon pöydälle ja puuroa on myös.

Maija rauhoittui. Eihän Arvo nyt niin pienistä suuttunut.

Maija kumartui kahvia odotellessaan avaamaan ikkunan. Kostea kesäaamun tuoksu tulvahti sisälle yhdessä linnunlaulun kanssa. Väliaikaisesti vanhaan kotiinsa tuotu, koppinsa vieressä makaava Peni-koira näkyi nostavan päätään kolahduksen kuullessaan. Maija veti henkeä syvään ja kuunteli lintujen siritystä. Sitä hänellä oli kaupungissa ollut ikävä, heleää lintujen laulua. Muuten kaupungissa kyllä oli hyvä. Riitti, kun välillä aina pääsi tänne rauhaan ja hiljaisuuteen.

Yläkerran portaista kuului kolinaa. Riitta sieltä tuli haukotellen pirttiin, pörrötteli tullessaan kädellään isoa ja painavan näköistä rastatukkaansa, joka oudoksutti Maijaa vieläkin, vaikka sitä oli katseltu tässä jo pari päivää. Mahtoikohan se olla puhdaskaan, tuommoinen takkupesä? Ties mikä Afrikan tuliainen sieltä kohta esiin mönkisi!

– Huomenta! tyttö naurahti. – Ihan olette kuin vanha aviopari siinä aamutakeissanne.

Maija vilkaisi itseään ja sitten Arvoa, ei oikein tiennyt mitä ajatella. Ei hänelle ollut tullut mieleenkään, etteikö täällä Arvon luona olisi voinut olla kuin kotonaan.

– Olkaa rauhassa vaan, en minä pahalla, olitte vaan niin kotoisen näköisinä täällä, Riitta kiirehti sanomaan huomatessaan Maijan hämmentyneen ilmeen ja halasi varmuuden vuoksi vielä isäänsäkin ihan ohi mennen.

– Ihana tuoksu, jos jotakin niin tätä kahvintuoksua minulla on aina siellä Afrikassa ikävä. Onko se valmista jo?

– Istuhan alas minä tuon, Arvo lupasi ja naurahti sitten leikkisän pirullisesti: – Meinaatko kammata tuon tukkasi ennen juhlia?

– Meinaatkos itse? Riitta heilautti rastalettejään, virnisti ja vilkaisi isänsä kiiltävää kaljua.

– Mitenkäs se ilta meni siellä naistensaunassa, vai miksi polttareiksi te niitä sanoittekaan? Maija katsoi parhaaksi vaihtaa puheenaihetta, alkoi niin naurattaa häntäkin niiden kahden jutut.

– Ihan mukavasti, oli hauskaa nähdä Tiinaa pitkästä aikaa, Riitta kertoi.

– Entä Tiina, millä mielellä se näistä häistä nyt on? Ei silloin aluksi oikein ollut innostunut asiasta.

– Tohkeissaan se oli. Näytti sen puvunkin ja kukat.

Maija kuunteli Riitan selontekoa edellisillasta ja nyökytteli tyytyväisenä. Kyllä hän tyttärensä tunsi, juhlat se halusi. Olisi taatusti myöhemmin katunut, jos olisi häät jääneet pitämättä.

Kun kahvit oli juotu ja puurot syöty, kiirehti Riitta herättämään ystäväänsä. Oli aika ruveta laittamaan pihaa juhlakuntoon. Riitta ja nuorimies kantoivat tuoleja ja Arvo johti tapahtumaa kävelykeppinsä kanssa.

– Tuo rivi on vähän vino, hän välillä huomautti, ja

Riitta käänsi kärsivä ilme kasvoillaan ystävälleen isänsä puheet, tämä kun ei tietenkään osannut sanaakaan suomea. Sen jälkeen nuoret oikoivat rivejä kulmakarvojaan rypistellen ja Arvo antoi ohjeita.

Maija teki keittiössä viimehetken järjestelyjä, katsoi tuvaltaan tuomista maljakoista kauneimmat ja komensi sitten Riitan kavereineen niihin niittykukkia hakemaan. Maija oli varta vasten katsonut hyvän paikan ja varoittanut Anttiakin, etteivät lapset vain niitä sieltä pellon laidasta menisi tallomaan.

Kun kaikki oli valmista, huristeli Lassen perhe useammalla autolla pihaan. Alkoi hurja tohina ja viimehetken järjestelyt. Lassen äiti kantoi autosta toistakymmentä pientä maitopääläriä.

– Näistä saa oikein romanttiset maljakot niille sinun niittykukillesi, Lassen äiti selitti innostuneena, kun Maija niitä ehätti hämmästelemään. Maija vilkaisi äsken esille ottamiaan, huolella valitsemiaan maljakoita ja avasi jo suutaan, mutta sulki sen saman tien.

107

Arvo vilkaisi Maijaa ja taputti huomaamattomasti olkapäälle. Alkoi sitten kehua vieraille Maijan leipomistaitoja.

– Älähän nyt hupata, ihan tavallista pullaa ja pikkuleipiähän ne vaan on, Maija vähätteli, vaikka tuntuikin mukavalta se kehuminen. Arvo se osasi aina oikealla hetkellä sanoa kaikki oikeat sanat. Ennakoida tuulet ja suvannot Maijan mielialoissa. Ja toisinaan, toisinaan se osasi olla hiljaa kun niin tarvittiin, eikä se hiljaisuus koskaan tuntunut kiusalliselta niin kuin muiden kanssa saattoi tuntua.

***

Viimeinenkin tuulenvire oli kaikonnut aamun aikana ja ilma seisoi hiostavana. Istuttiin siisteihin riveihin asetelluissa tuoleissa ja odotettiin. Miehet venyttelivät kauluksiaan ja naiset leyhyttelivät itseään kuka milläkin. Ainoat joita painostava helle ei tuntunut haittaavan, olivat Riitta ja hänen tuore poikaystävänsä Andreas. Sen sijaan, että olisivat tuskaisina koettaneet viilennellä itseään, hei olivat käyneet toimeen ja kantoivat muovimukeissa toimituksen alkamista odottavalle juhlaväelle vettä.

Maija koetti hakea mukavaa asentoa, suuta kuivasi ja hiki pakkautui kainaloihin. Hermostuneena hän oikoi uuden silkkileninkinsä helmaa. Oli se kyllä kaunista kangasta ja kevyt kuin mikä... Mutta mikä tässä nyt kesti? Missä Tiina ja Lasse oikein viipyivät? Etteivät vain olleet tulleet toisiin aatoksiin ja peruneet koko juttua! Että pitikin mennä niiden puolesta päättämään ja järjestämään.

Kiitollisena Maija otti vastaan Andreaksen ojentaman vesimukin ja joi ahnaasti sen saman tien tyhjäksi. Kylläpä olikin kuuma! Selän takaa kuului supatusta.

– Katso, nyt se tulee tänne, ne kuiskivat siellä.

– On se kyllä musta!

Supatus vaikeni heti, kun Maija vähän vilkaisi taaksepäin. Oikein hän oli arvannut. Maijan ja Arvon saman katon alla yöpyminen ei ollut enää uutinen. Nyt puhuttiin Riitan sulhasesta ja puhuttaisiin varmasti vielä pitkään näiden juhlien jälkeenkin.

Viimein valkea amerikanrauta näkyi lähtevän liikkeelle Maijan tuvan pihasta.

– Nyt ne tulee! Maija tönäisi Arvoa kylkeen.

– Jahas, no niin. Arvo rykäisi tärkeänä. – Minäpä lähden portille vastaan.

– Mene, mene, äkkiä nyt! Maija hoputti.

– Jo oli mahdottoman komea auto! joku isännistä

päivitteli oikein ääneen, kun hääauto kaarsi pihaan ja Antti ajoi sen piharakennuksen kulman taa piiloon, ettei juhlaväki näkisi morsianta aivan vielä.

– Shh, hiljaa nyt, nolostunut naisääni vaiensi ihmettelijän. – Tuommoisiahan ne on nykyään nuo hääautot, ollaanhan me televisiosta katsottu niitä hääohjelmia.

– Nyt päästään aloittamaan, Maija huokaisi helpottuneena, kun Tiinan kaasona toimiva ystävä joutui kiireisin askelin hänen viereensä istumaan.

– Oli vähän viime hetken ongelmia, Tiina meinasi jo perua koko häät, kun ei puku meinannutkaan mahtua. Oli tullut vähän pyöreyttä lisää sitten viime sovituksen. Onneksi olit sentään yhden ompelurasian jättänyt keittiön kaappiin. Löysättiin vähän saumoista ja laitettiin hakaneuloilla kiinni. Hyvä siitä tuli, tyttö supatti Maijalle.

– Voi sentään, Maija päivitteli, mutta hiljeni saman tien. Pappi oli jo asettunut paikoilleen juhannuskoivu-

111

jen väliin ja morsian astunut piharakennuksen kulman takaa näkyviin. Hitaasti ne lähtivät astelemaan kohti. Arvo keppiinsä nojaten, käsipuolessaan Tiina, jonka hillityn, mutta kauniisti istuvan hääpuvun helmalla äskettäin herännyt tuulenvire leikitteli.

– Onpa sievä puku, Maijan takaa kuului kuiskaus.

– Ei sitä ennen tuommoisia, joku toinen kuiskasi. – Minullakin oli ihan vain sellainen arkinen leninki aikoinani, ei silloin ollut varaa tuommoisiin. Onkohan se ihan silkkiä?

– On, on, varmasti on, toinen vakuutteli.

– Niin on kaunis morsian, ihan kuin Maija nuorena, ne huokailivat. Maijaa hymyilytti, oli tytössä tosiaan äitinsä näköä. Ihan tuli liikuttunut olo, silmäkulmaa täytyi vaivihkaa pyyhkäistä. Tiina ja Arvo alkoivat lähestyä juhlaväkeä ja papin viereen odottamaan asettunut Lasse lähti heitä vastaan hitain askelin.

– Vaan on se tuo sulhanenkin komea, kuului Maijan selän takaa supatusta taas.

– On se, ja vielä insinööri vai mikä arkkitehti se nyt onkaan! Hyvin on Maijan tytöllä asiat, toinen vastasi supatukseen, mutta vaikeni, kun Maija kääntyi katsomaan taakseen ja sihahti molemmat kuiskailijat hiljaisiksi.

Arvo luovutti Tiinan Lassen käsipuoleen ja palasi sitten takaisin Maijan viereen istumaan. Se aiheutti taas vaimeaa puhetta takapenkeissä, mutta Maija oli kuin ei olisi kuullutkaan. Siinäpähän ihmettelivät. Vieraitako heidän olisi pitänyt toisilleen olla, vaikka naapureina oli asuttu vuosikymmenet ja ystäviä oltu kohta pieni ikuisuus? Totta kai Arvo oli myöntynyt Tiinan pyyntöön luovuttaa morsian, olihan Arvo ja Arvon vaimokin olleet Tiinan kummeja. Ja vierekkäin istuttiin tässä, kun oltiin sentään melkein kuin yhtä perhettä oltu aina. Näin olisivat varmasti toivoneet myös Arvon ja Maijan puolisot. Eivät ne olisi kumpikaan halunneet, että toinen jäisi aivan yksin ja hylkäisi ystävänsä vain sen takia, että puolisoiden aika oli tullut niin aikaisin täyteen.

Morsiuspari kääntyi selin juhlaväkeen nähden ja pappi alkoi puhua. Maija vaiensi ajatuksensa ja keskittyi kuuntelemaan kaunista puhetta. Erilainen se oli kuin yleensä, mutta se johtui siitä, että Tiina ja Lasse olivat jo maistraatissa vihityt. Kauniisti pappi silti puhui, oli ottanut selvää parin elämänkäänteistä ja heidän lapsuudestaankin puhui. Lassen kouluvuosista Ikaalisissa ja Tiinan lapsuuden suurperhehaaveista. Siunasi lopuksi kauniisti heidän liittonsa.

Kun pari kääntyi kasvot vastakkain aikeissaan suudella liiton sinetöinnin merkiksi, alkoi Maijan selän takana kiihtynyt sananvaihto.

– Katso, onko se? Ei kai se vaan ole?

– On se, kyllä se on, ihan selvästi!

Maija ei takarivin teennäisen hiljaisesta keskustelusta välittänyt. Olihan hän tämän arvannut. Kun Tiina seisoi sivuttain juhlaväkeen nähden, näkyi pyöristynyt vatsakumpu selvästi. Maija ei loukkaantunut vieraiden supatuksesta, katseli tuttuja maisemia ja hymyili vain. Elämä versoi kaikkialla ympärillä. Taloja ympäröivät pellot vihersivät, koivujen lehtien vihreä syveni päivä päivältä ja niittykukat hehkuivat kirkkaissa väreissään auringon leikitellessä niiden terälehdillä. Ei Tiinalla ja Lassella ollut kaiken tämän kasvavan ja versovan keskellä mitään hävettävää.

Onnittelukierroksen jälkeen alkoi tarjoilu. Juotiin maljat hääparin kunniaksi. Kupliva vaaleanpunainen kuohujuoma kutitti Maijan nenää niin, että häneltä pääsi aivastus ja pikkuinen Anni vähän tirskahti sitä. Häntä ei lasillinen Pommacia aivastuttanut ollenkaan.

Palapaisti teki kauppaansa ja Antin valmistama sahti sen mukana. Maija ei sahtiin koskenut, kamalan makuista litkua, mutta pitihän sitä tietysti häissä olla. Boolimalja odotti vielä tyhjänä sivupöydällä, se täytettäisiin vasta kun tulisi tanssin aika. Silti juhlaväki alkoi jo rentoutua ja iloinen puheensorina täytti Arvon pirtin ja pihamaan. Joku yritti hakeutua juttusille Riitan sulhasenkin kanssa, mutta keskustelu tyrehtyi aika nopeasti, kun Riitta ei joutanut tarjoiluapulaisen tehtävästään puheita tulkkaamaan. Niinpä Andreas asettui Maijan ja Arvon pöytään syömään ja naureskeli, kun Arvo opetti hänelle sahdin salaisuuksia. Ei Andreas tietenkään sanaakaan Arvon puheista ymmärtänyt, mutta osasi sentään ottaa lasistaan ison kulauksen, kun Arvo näytti mallia.

Myös suomalainen ruoka näkyi maistuvan ulkomaalaiselle. Palapaisti upposi nälkäiseen mieheen niin hyvin, että tämä jo kohta oli hakemassa täydennystä lautaselleen. Sahtilasi ei kuitenkaan tyhjentynyt samaa vauhtia kuin Arvolla. Maija ei ihmetellyt sitä, jos se kerran hänenkin mielestään maistui kamalalta, niin ei ollut ihme, ettei se ulkomaalaisellekaan maistunut.

Andreaksen ruokahalu ei jäänyt kyläläisiltäkään huomaamatta.

– Kato nyt miten se syö, joku ihmetteli ja toinen

siihen jatkoi:

– No onhan se selvä että syö kun on tarjolla, niillähän on siellä Afrikassa se nälänhätä!

Nyt Maija ei enää malttanut kuunnella hiljaa vaan tokaisi melkoisen kuuluvaan ääneen:

– Andreas on kylläkin Ranskasta kotoisin ja muistaakseni siellä on melkoisen edistynyt ruokakulttuuri!

– Ai? supattajat katsoivat Maijaa hämmästyneinä.

– Me ajateltiin, että se on niitä Afrikkalaisia, kun se on noin...

– Jaa mitä, musta? Maija näpäytti kuiskuttelijoita.

– Niin, supattelijat myöntelivät nolostuneina.

– Vaan eikö ole hyvää tämä ruoka? Arvo taputti Maijan polvea rauhoittavasti pöydän alla ja vaihtoi samalla puheenaihetta. Turha tässä oli riitaantua kenenkään kanssa. Piti koettaa ymmärtää kyläläisiäkin, se vain oli niin, ettei näillä kulmilla juurikaan oltu ulkomaalaisia nähty saati sitten ihonväriltään erilaisia ihmisiä.

Maija nousi ja lähti sisälle, oli taas kuuma. Viimeinenkin tuulenvire oli taas nukahtanut ja ilma seisoi hiostavan nihkeänä. Mitenhän se Tiina jaksoi tätä kuumuutta vatsansa kanssa?

Sisällä oli täysi hulina päällä. Oli tullut aika leikata hääkakkua. Riitta pyyhälsi vauhdilla ulos kutsumaan kaikki tätä tapahtumaa katsomaan. Pian pirtti oli täysi, kamera valmiina ja nuoripari leikkasi kakun.

Kakku herätti juhlaväessä ihastusta. Se oli suuri ja kolmeen kerrokseen aseteltu. Tiina ja Lasse eivät olleet päässeet yhteisymmärrykseen siitä, mitä laatua kakun tulisi olla, joten kakkuvadeilla oli nyt kolmea erilaista makua. Alimpana kesäisen mansikkainen unelma, keskellä lakkaa ja kinuskia ja ylimpänä vadelmaa. Jääkaapissa odotti vielä neljäs pieni kakku, tuoreelle avioparille valmistettu yöpala, jonka nämä saisivat lähtiessään ottaa mukaansa.

Maija oli keksinyt idean hääparin eväskakusta itse, sen välissä oli sekä mansikkaa että vadelmaa ja päällä runsaasti makeaa kinuskia. Hyvin ne kaikki olivat sopineet yhteen kakkuun. Lassen leipurikummitäti oli Maijan ideaa ihastellut. Kakku kuvasti hänen mielestään täydellisesti tuoretta liittoa, sitä, miten kumpikin puoliso toi suhteeseen omat mausteensa ja tottumuksensa.

Kahvinjuonnin aikana Maija pisti sivusilmällään merkille, että miesväki alkoi liikehtiä levottomasti. Yksi toisensa jälkeen siirtyi pirtistä pihamaalle kuka minkäkin selityksen saattelemana. Milloin mentiin hääautoa katsomaan, milloin tupakalle nurkan taa.

Kun Arvokin näkyi keppeineen ja Andreasta toisessa käsipuolessaan raahaten hiipivän piharakennuksen taa, kurtisti Maija kulmiaan. Pullohan siellä tietysti oli kiertämässä. Ettei vain Arvokin siihen koskisi, miten se nyt tuon jalkansa kanssa? Loukkaa vielä itsensä ja toipuminen viivästyy! Ja häävalssikin oli vielä soittamatta. Haitari odotti kamarin pöydällä pölyistä puhtaaksi pyyhittynä. Sentään ei Maija kuitenkaan Arvon perään sännännyt, mitäpä hän aikuista miestä komentelemaan. Itse se saisi ratkaisunsa tehdä.

Pian naisetkin alkoivat siirtyä pihamaalle. Pihan tasaisimmassa paikassa oli vanha, jämeristä lankuista laitettu tanssilava. Ei se suuren suuri ollut, mutta sen kokoinen, että siinä mahtui pienellä juhlaporukalla vähän pyörähtelemään.

Lava oli rakennettu jo vuosikymmeniä sitten. Arvon talo oli aikoinaan ollut tunnettu juhlapaikka ja kyläseuran yhteisestä päätöksestä pihamaalle oli niihin aikoihin laitettu talkootöillä tanssipaikka.

Antti oli illalla Andreaksen ja Lassen kanssa kaatanut rantakoivikosta kauneimmat yksilöt kehystämään lavaa ja pukenut sen niillä juhla-asuun.

– Ai että, ihan on kuin ennen vanhaan, naapurin Hilja ihasteli. – Muistattekos, kun kokoonnuttiin tänne silloin juhannustansseihin koko kylä?

Maija nyökkäsi hymyillen, kyllähän hän sen muisti. Yhdessä Arvon vaimon kanssa oli silloin leivottu ja laitettu pystyyn myyntikoju, kerätty rahaa milloin mihinkin kylän yhteiseen hankkeeseen.

– Käytkös Riitta hakemassa sen haitarin? Minä käyn katsomassa missä se Arvo on, Maija hoputti Arvon tytärtä ja lähti kiireellä kohti piharakennuksen nurkkaa. Sieltä kuului epäilyttävää meteliä. Ettei vain tappelu, Maija huolestui, mitä ne nyt, isot miehet tuolla lailla? Menisivät vielä pilalle koko häät.

– Ootko sinä kova juoksemaan? kuului nurkan takaa.

– Eikö teikäläiset yleensä oo? Joku kuului kyselevän Andreakselta, kun Maija ehti vihdoin paikalle. Andreas katseli ihmeissään miestä, ei raukka ymmärtänyt tietenkään sanaakaan siitä, mitä hänelle puhuttiin. Mielenkiinto ulkomaalaista kohtaan oli kuitenkin miesporukassa niin suuri, etteivät kyläläiset osanneet olla miestä puhuttamatta.

– Miltä ne maistuu nämä suomalaiset häät? kyseli nuorempi mies heti edellisen kysyjän perään. – Teillä mahtaa siellä Afrikassa olla vähän toisenlainen meininki, eikö teillä niitä vaimojakin ole useampi miestä kohden? No vastaa nyt! nuori mies astui lähemmäksi Andreasta ja tönäisi tätä humalaisesti olkapäähän.

– Eikö se kuule olis niin, että otat akan sieltä omasta maasta ja jätät nämä suomalaiset rauhaan! mies ärhenteli.

Andreas katsoi hämmentyneenä ensin nuorta miestä, sitten muita läsnäolijoita, vilkaisi sitten hätääntyneenä paikalle ilmestyneeseen Maijaan. Tuskan ja säikähdyksen hiki nousi Maijan kainaloihin ja otsalle. Raukka, mitä ne nyt tuolla lailla kiusasivat poikaa ja mitä se Arvokin oli oikein ajatellut tuodessaan pojan tänne nurkan taakse.

– No mitä? Ala vastata nyt! Eikö laiteta kättä päälle, että annat meidän naisten olla! nuori mies jatkoi reuhaamistaan ja ojensi nopealla liikkeellä kätensä

Andreasta kohti, niin että Andreas säikähti ja otti askelen taaksepäin. Nyt Maija näki nuoren miehen kasvot ja tajusi melkein heti mistä oli kyse. Sehän oli Kujanpään Risto, Riitan entinen poikaystävä. Vuosikaudet ne olivat liikkuneet yhdessä silloin Riitan lukiovuosien aikaan. Miesporukka seisoi vaitonaisena riitapukarin ympärillä epäröivän näköisenä – pitäisikö tässä nyt valita joku puoli?

– Arvo ja Andreas, Maija aloitti ääni väristen ja koko miesporukka kääntyi häntä katsomaan. – Tulkaapa nyt, aletaan laittaa tansseja pystyyn.

Sekä Arvo että Andreas näyttivät helpottuneilta Maijan väliintulosta. Risto sen kun vain tuhahti ja yritti tarttua vieressä seisovan isäntämiehen pulloon, mutta tämä ei onneksi antanut miehelle enää ryyppyä, vaan työnsi taskumattinsa povitaskuunsa päätään puistellen. Maija vilkaisi isäntämiestä hyväksyvästi, mutta samalla silmissään komentava katse joka sanoi: katsokaakin, ettei tippaakaan enää tuolle miehelle!

Juhannuspäivä alkoi painua iltaan. Joki oli jo rauhoittunut, sen pinta kimalteli tyynenä ilta-auringossa. Tuuli oli yhä vain hiljaa ja pian veden sileää pintaa pitkin kaikuivat haitarin sävelet. Maija tapaili mielessään valssin sanoja Arvon soittaessa: "*Silmies loisteen kun ens' kerran näin. Minä nuoruutes, kauneutes lumoihinjäin. Ja juhannusvalssihin sinut kun hain Niin hiuksiltas valkoisen ruusun sain.*"

Lasse kumarsi Tiinalle ja pian kaunis pari meni jo näyttävin valssinaskelin pitkin lavaa. Juhannusruusut kukkivat lavan takana ja morsiamen hiuksille aseteltuina. Joku kylän emännistä pyyhkäisi haikeana silmäkulmaansa eivätkä kyyneleet olleet Maijallakaan kaukana.

Vetistelemään ei Maija kuitenkaan ehtinyt, kun Lasse jo äkkiä oli siinä edessä ja vei häntä kädestä kohti tanssilavaa. Valssin askeleet tulivat muistista kuin itsestään, vaikka edelliskerrasta oli aikaa. Varmasti ja tasaisesti Lasse vei valssin loppuun ja kumarsi lopuksi. Maijaa hymyilytti.

– Soita se uudestaan! joku huusi taempaa, mutta Arvo oli jo aloittanut uuden kappaleen ja pian lava oli täynnä tanssijoita. Maija vetäytyi vähän syrjemmälle ja jäi katselemaan tanssijoita. Lapset nauroivat ja juoksivat taempana, osa miesporukasta puheli autoistaan ja traktoreista mansikkaboolia maistellen ja tunnelma oli rento ja vapautunut.

Äkkiä yksi miehistä kuitenkin erkani juttuporukasta ja asteli rivakasti, vaikkakin silminnähden horjahdellen tanssilavaa kohti. Kujanpään Risto, Maija ehti ajatella, kun mies jo saavutti lavan ja tanssinpyörteisiin keskittyneet Riitan sekä Andreaksen siellä.

– Minun vuoroni, mies ilmoitti kuuluvasti ja tönäisi Andreaksen pois Riitan luota ja tarttui tyttöä tukevalla tanssiotteella lähtien viemään niin, että molemmat meinasivat kaatua ja horjahtipa siinä lähipiirissä joku toinenkin tanssipari.

– Irti! Riitta karjaisi ja sai kaikki tanssijat pysähtymään ja näytelmää ihmettelemään. Arvon soitanta loppui ja tuli hiljaista. Riitta pyristeli yhä miehen otteesta irti ja Andreas yritti rauhallisesti auttaa tätä irtipääsyssä.

– Nyt kuule! kuului vihainen naisääni tuvan portailta. Riston äiti, Maija ehti tajuta, kun nainen kiisi pihamaan poikki kohti poikaansa, kiipesi lavalle ja tarttui tätä puvuntakin hihasta. – Nyt me lähdetään, että kehtaatkin, aikuinen mies!

Ja niin Riston äiti talutti poikansa hihasta kiinni pitäen kohti porttia ja hävisi kohta jo näkyvistä.

Juhlakansa yskähteli ja naurahteli hetken aikaa hämmästyneenä, mutta Arvo oli pian ajan tasalla ja aloitti uuden kappaleen. Pian kaikki oli taas ennallaan ja juhlinta jatkui iloisissa merkeissä.

Andreas oli yhä hämmentyneen näköinen ja Riitta vei tämän vähän sivummalle ja alkoi selittää tälle tapahtunutta ja syitä siihen. Pian pari jo näkyi halaavan lämpimästi ja Arvo hymyili heille haitarinsa takaa.

Tanssimaan Andreas ei tosin enää ehtinyt, sillä pikkuinen Onni juoksi tämän luo jalkapallo kädessään.

– Näytä meille se temppu, tämä pyysi kauniisti. – Kaverit haluaa nähdä sen, ne ei uskoneet kun kerroin.

Siihen pyyntöön Andreas ei tarvinnut tulkkausta. Onnin anova ilme ja käsissään ojentama jalkapallo kertoi kaiken.

Kohta Andreas jo oli tähtenä ja lasten ympäröimänä pihanurmikolla pallonsa kanssa. Pompotti sitä ensin muutaman kerran polviensa päällä, potkaisi sen sitten ylemmäksi ja otti vastaan otsallaan. Jatkoi samaa temppua monta kertaa peräkkäin ja lapset taputtivat ja hihkuivat innoissaan.

Kun Maija taas vähän myöhemmin vilkaisi lapsilaumaan päin, näki hän Andreaksen jo opettavan temppuaan yhdelle isommalle, jo kouluikäiselle pojalle.

– Lapset ne tietää, Maija naurahti ja sai vieressään istuvan naapurinemännänkin nyökkäilemään hyväksyvästi.

Kun juhlat lähenivät loppuaan ja väsyneitä lapsia kannettiin autoihin nukkumaan, sai Andreas monta hyväksyvää taputusta olkapäälleen siinä samalla kun vieraat hyvästelivät Maijaa ja Arvoa. Tiina ja Lasse olivat jo hetki sitten nousseet valkoiseen autoonsa ja lähteneet Antin kuskaamana kohti kaupunkia.

***

Pihamaa oli tyhjentynyt seurue toisensa jälkeen ja pian Maija ja Arvo istuivat pihakeinussa kaksistaan.

– Onpa hävitys, Maija huokaisi katsellen pihamaata. Tuoleja oli nurin ja tyhjiä juomamukeja siellä täällä.

– Eikä ole hävitys, vaan merkki hyvin sujuneista juhlista! Arvo naurahti. – Annetaan olla, hän vielä sanoi, kun Maija meinasi nousta korjaamaan jälkiä.

– Kyllä nuoremmat hoitaa.

Vastakkaisella rannalla paloi juhannuskokko. Nopeasti herännyt tuuli tarttui puiden oksiin ja leyhytteli niitä. Jossain kaukana jyrähteli jo ukkonen.

– Istutaan tässä ja nautitaan, Arvo sanoi. – Huomenna ollaan jo kaupungissa.

– Niin, Maija huokasi. – Niin ollaan.

– Sovitaanko, että tullaan mustikka-aikaan takaisin? Arvo ehdotti. – Ja puolukka-aikaan myös. Asutaan täällä, muutetaan vieraskamarin nimi Maijan kamariksi.

– Sovitaan vaan, Maija hymyili. Ei tuntunut yhtään enää haikealta lähteä kaupunkiin. Siellä odottivat omat tavarat, uudet ystävät, palvelut, jotka kaikki olivat siinä käden ylettyvillä. Ja Maijan henkiin herätetty oma rakas harrastus, kuorolaulu, jonka hän jo luuli vaikeiden kulkuyhteyksien takia kokonaan menettäneensä.

– Soita se vielä, Maija pyysi ja Arvo kumartui ottamaan haitarin taas syliinsä. Tutut sävelet alkoivat soljua haitarin näppäimiltä ja jossain vaiheessa Maija yhtyi laulullaan Arvon soitantaan:

"Suvessa suurin on juhannusjuhla.. Elämä meillä myös parhaimmillaan. Aurinko lämpöä, valoa tuhlaa. Valkeat ruusut ne tuoksuaa."

S. 124 ja 130 lainaukset: Valkea ruusu, sanat: Mirja
Raes 1972